Miroir, dis-moi…
Conseils et astuces pour être belle au naturel

Design graphique : Josée Amyotte
Infographie : Johanne Lemay, Chantale Landry
Coordination de la photographie et
   traitement des images : Mélanie Sabourin
Correction : Ginette Patenaude et Brigitte Lépine
Photographies : Tango
Illustrations : Nathalie Roy
Maquillage et coiffure : Sandra Trimarco
Mannequins : Élisa Boulard, Véronique Bouvier,
   Sylvie Brière, Renée-Pier Circée, Paulette Dufour,
   Stella Guertin, Laurence Hurtel, Roxane Lalonde,
   Nicole Marois, Sophie Meley-Daoust, Hélène
   Ménard, Pascale Mongeon, Régine Saint-Louis,
   Mélanie Sylvestre, Roxanne Toupin

Catalogage avant publication de Bibliothèque et Archives nationales du Québec et Bibliothèque et Archives Canada

Pez, Catherine

   Miroir, dis-moi-- : conseils et astuces pour être belle au naturel

   Comprend des réf. bibliogr.

   ISBN 978-2-7619-2647-8

   1. Soins de beauté. 2. Vêtements de femme. 3. Mode. 4. Couleur dans les vêtements. I. Titre.

TT957.P49 2009   646.7'2082   C2009-941911-4

Pour en savoir davantage sur nos publications,
visitez notre site : www.edhomme.com
Autres sites à visiter : www.edjour.com
www.presseslibres.com • www.edutilis.com

09-09

© 2009, Les Éditions de l'Homme,
division du Groupe Sogides inc.,
filiale du Groupe Livre Quebecor Media inc.
(Montréal, Québec)

Tous droits réservés

Dépôt légal : 2009
Bibliothèque et Archives nationales du Québec

ISBN 978-2-7619-2647-8

DISTRIBUTEURS EXCLUSIFS :
• Pour le Canada et les États-Unis :
  MESSAGERIES ADP*
  2315, rue de la Province
  Longueuil, Québec J4G 1G4
  Tél. : 450 640-1237
  Télécopieur : 450 674-6237
  Internet : www.messageries-adp.com
  * filiale du Groupe Sogides inc.,
    filiale du Groupe Livre Quebecor Media inc.

• Pour la France et les autres pays :
  INTERFORUM editis
  Immeuble Paryseine, 3, Allée de la Seine
  94854 Ivry CEDEX
  Tél. : 33 (0) 1 49 59 11 56/91
  Télécopieur : 33 (0) 1 49 59 11 33
  Service commandes France Métropolitaine
  Tél. : 33 (0) 2 38 32 71 00
  Télécopieur : 33 (0) 2 38 32 71 28
  Internet : www.interforum.fr
  Service commandes Export – DOM-TOM
  Télécopieur : 33 (0) 2 38 32 78 86
  Internet : www.interforum.fr
  Courriel : cdes-export@interforum.fr

• Pour la Suisse :
  INTERFORUM editis SUISSE
  Case postale 69 – CH 1701 Fribourg – Suisse
  Tél. : 41 (0) 26 460 80 60
  Télécopieur : 41 (0) 26 460 80 68
  Internet : www.interforumsuisse.ch
  Courriel : office@interforumsuisse.ch
  Distributeur : OLF S.A.
  ZI. 3, Corminboeuf
  Case postale 1061 – CH 1701 Fribourg – Suisse
  Commandes : Tél. : 41 (0) 26 467 53 33
                Télécopieur : 41 (0) 26 467 54 66
  Internet : www.olf.ch
  Courriel : information@olf.ch

• Pour la Belgique et le Luxembourg :
  INTERFORUM BENELUX S.A.
  Fond Jean-Pâques, 6
  B-1348 Louvain-La-Neuve
  Téléphone : 32 (0) 10 42 03 20
  Fax : 32 (0) 10 41 20 24
  Internet : www.interforum.be
  Courriel : info@interforum.be

Gouvernement du Québec – Programme de crédit d'impôt pour l'édition de livres – Gestion SODEC – www.sodec.gouv.qc.ca

L'Éditeur bénéficie du soutien de la Société de développement des entreprises culturelles du Québec pour son programme d'édition.

Le Conseil des Arts du Canada
The Canada Council for the Arts

Nous remercions le Conseil des Arts du Canada de l'aide accordée à notre programme de publication.

Nous reconnaissons l'aide financière du gouvernement du Canada par l'entremise du Programme d'aide au développement de l'industrie de l'édition (PADIÉ) pour nos activités d'édition.

Catherine Pez

Miroir, dis-moi…
Conseils et astuces pour être belle au naturel

Avant-propos 11

Introduction. 12

PREMIÈRE PARTIE : CONNAÎTRE SON CORPS

Savoir se connaître et surtout se reconnaître. 17

Chapitre 1 : Notre corps et nous 18
    L'impact de l'image 18
    Test 1 – Quelle est votre morphologie ? 20
    Les bases de la morphologie 21
    Les différents types de morphologie 21

Chapitre 2 : Le corps féminin 26
    Les différentes morphologies du corps féminin 26
    Test 2 – Le corps féminin. 28
    Le corps en sablier. 30
    Le corps en 8 31
    Le corps en triangle. 32
    Le corps en rectangle. 33
    Le corps en triangle inversé 34
    Conclusion 35

Chapitre 3 : Corriger notre image 36
    Vous êtes triangle 40
    Vous êtes rectangle 42
    Vous êtes triangle inversé 44
    Vous êtes un 8 46

Chapitre 4 : Corrections géométriques selon les différents types de corps 48
    Conseils pour améliorer notre image 48
    Le triangle. 50
        Tirer parti de vos qualités. 51
        La garde-robe idéale de la femme triangle 52

table des matières

Le rectangle	54
Tirer parti de vos qualités	55
La garde-robe idéale de la femme rectangle	56
Le triangle inversé	58
Tirer parti de vos qualités	59
La garde-robe idéale de la femme triangle inversé	60
La morphologie en 8	62
Tirer parti de vos qualités	63
La garde-robe idéale de la femme en 8	64
Comment rétablir les bonnes proportions	66
Chapitre 5 : Une revue des détails	68
Une projection grande	69
Une projection petite	70
Un problème de largeur	72
Les fesses	75
Les hanches larges	75
Pas de taille	76
Les jambes courtes	76
Le cou court et trapu	77

DEUXIÈME PARTIE : CONNAÎTRE SON VISAGE

Notre visage, notre signature	83
Chapitre 6 : Notre visage	84
Les formes de base du visage	84
Test 3 – Quelle est la forme de votre visage ?	86
Les parties du visage	87
Le visage ovale	88
Le visage rond	89
Le visage long	90
Le visage carré	91
Variations	92
Un être unique	92

Chapitre 7 : Visage et coiffure 94
    La coiffure 94
    Test 4 – Votre coiffeur et vous 96
    Adoucir un visage carré 98
    Allonger un visage rond 99
    Raccourcir un visage long 100
    Recentrer un visage en cœur 101
    Féminiser un visage hexagonal 102
    Préserver l'équilibre du visage ovale 103
    Corriger les imperfections 104

Chapitre 8 : Visage et lunettes 106
    L'importance de la monture 106
    Suivre la morphologie du visage 106
    La teinte des montures 107
    Cas particuliers 108
    La distance entre les pupilles 109
    Des montures de lunettes pour chaque type de visage 110

Chapitre 9 : Visage et maquillage 112
    Des goûts et des couleurs 112
    Les principes de base 112
    Le blush ou fard à joue 115
    Conseils et astuces 119
    À propos des sourcils 126
    Des produits différents selon les saisons 128

TROISIÈME PARTIE : DU STYLE, DES COULEURS ET DES GOÛTS

Une question de goûts 133

Chapitre 10 : Connaître son style 134
    Test 5 – Quel est votre style ? 136
    Tendance classe 138
    Tendance classique 140
    Tendance mode 142
    Tendance sport 144

Chapitre 11 : Valoriser son image 146
    Soyons naturelles. 146
    Ayons une unité dans la tendance 146
    L'intérêt de l'accessoire 147

Chapitre 12 : Approfondissons notre étude 152
    Première étape 152
    Deuxième étape 154
    Parlons des couleurs 155

Chapitre 13 : À propos des couleurs 156
    Les couleurs primaires. 156
    Les couleurs secondaires 156
    Les couleurs tertiaires 158
    Les couleurs complémentaires. 158
    Le blanc et le noir 158
    Couleurs chaudes contre couleurs froides 159
    La couleur de nos vêtements 160
    Test 6 – Quelle femme-couleur êtes-vous 162
    Les quatre saisons des couleurs 163
    Tableau des quatre saisons des couleurs 165
    Les nuances du test des couleurs. 168
    Les niveaux de contraste 169

Chapitre 14 : Une garde-robe bien pensée 170
    Savoir mieux acheter. 170
    Une garde-robe adéquate 171
    Triez les vêtements de la penderie 172
    Aménagez votre placard. 174

Conclusion. 177

Avant-propos

Pourquoi un ouvrage qui parle de nous, les femmes, et de la manière de nous montrer sous notre meilleur jour ? **Parce que personne, mieux que nous, n'a la conscience de ce que *nous* sommes.** Par l'image que nous projetons, nous souhaitons révéler ce que nous sommes réellement, au fond de nous. Et, par-dessus tout, nous voulons être perçues par notre entourage telles que nous sommes. Cela va bien au-delà de la simple apparence ! Il s'agit d'être fidèle à notre personnalité et d'établir la meilleure façon de la dévoiler.

Cela dit, n'oublions pas que chacun est à la fois unique et différent par la morphologie, par la forme du visage. **Il est donc essentiel de bien se connaître.** Ce livre est fait pour cela, pour nous permettre de savoir à quelle morphologie nous appartenons, pour déterminer la forme de notre visage. En conséquence de quoi nous pourrons remédier à certaines imperfections et, surtout, nous saurons mettre en valeur ce que nous avons de bien. Nous allons donc apprendre, dans ce livre, à rétablir les petits déséquilibres que la nature nous a donnés. Car tout est question d'équilibre et de justes proportions. Il s'agit de projeter sa silhouette dans l'espace, d'une manière presque géométrique…

Mais attention : mon intention n'est pas de vous assommer avec des conseils trop nombreux et difficiles à appliquer, mais bien plutôt de tracer les grandes lignes (souvent si évidentes !) grâce auxquelles vous pourrez mieux gérer votre image. Ces conseils, le plus souvent frappés du sceau du bon sens, vous permettront de rechercher l'**harmonie** avant toute chose. En outre, ce livre vous apprendra à vous regarder sans a priori, mais aussi sans complaisance. Nous ferons un constat objectif et précis. Grande ou petite ? Hanches larges ? Grosses fesses ? Pas de seins ? Vous saurez tout. **En comprenant bien qu'il existe un remède pour toute chose ; et avec la volonté de changer ce qui ne va pas.**

Appréhender notre image et apprendre à être belle, le plus naturellement du monde, avec nos qualités et nos défauts, c'est être, aux yeux du monde qui nous entoure, *nous-même*, dans la meilleure acceptation de ce terme. Le chemin qui reste à parcourir est le vôtre. Je suis heureuse de vous accompagner tout au long de ce livre.

Introduction

Chacun possède des caractéristiques naturelles qui lui viennent de ses parents. C'est le patrimoine génétique. Cette « base de données » est capitale et tout ce que nous allons « y trouver » sera utilisable ou non, profitable ou non.

Dans mon précédent livre, *La gymnastique faciale*, je démontrais que le travail des muscles du visage est efficace et assure la tonicité des traits. Faire ce travail, c'est s'impliquer dans son apparence, et c'est comprendre que cette apparence joue un rôle important, aussi bien dans la vie quotidienne que dans les relations humaines. Pour cela, il est nécessaire de s'aimer un peu, avec indulgence certes, mais avec assez de recul et de clairvoyance pour se connaître et s'apprécier. L'étude approfondie de la morphologie du corps et du visage (ossature, conformation, etc.) peut nous en apprendre beaucoup sur nous-même.

UN PEU D'HISTOIRE

Toute une « science » s'est développée autour de cette analyse, et cela ne date pas d'hier. De tout temps, les hommes se sont intéressés à leur image et ont souhaité comprendre les arcanes de leur physique. C'est ainsi que, déjà du temps d'Hippocrate, on pouvait définir l'homme et la femme par différents types de caractères correspondant à leur figure. On avait le sanguin ou le colérique, le mélancolique ou le lymphatique, le nerveux ou le bilieux.

Ensuite, Lavater (1741–1801) traita de la physiognomonie, science qui a pour objet la connaissance du caractère d'une personne d'après sa physionomie. Il parlait de l'harmonie entre beauté morale et beauté physique : « Ce qui se passe dans l'âme a son expression sur le visage. » C'est comme si le visage était le livre ouvert du moi, car, disait Lavater, « un trait agréable, mille fois répété, s'imprime dans la figure et lui donne un trait de beauté permanent », alors qu'un « trait de laideur mille fois répété lui donne un trait permanent de laideur ». Car, pour Lavater, la vertu embellit et le vice enlaidit. Sans le suivre

introduction

dans toutes ses explications complexes, on peut tout de même dire qu'il a eu le courage de s'attaquer aux questions primordiales que se pose l'être humain : Qui suis-je ? Et est-ce que je ressemble à ce que je suis ?

Plus tard naîtra la morphopsychologie, mise au point par le psychiatre Louis Corman (1901–1995). Beaucoup utilisée pour le recrutement dans les entreprises, la morphopsychologie est l'étude des relations entre la psychologie et la morphologie. Elle parle du visage comme d'un cadre (ossature) dans lequel s'inscrivent des récepteurs : nez, yeux, bouche. Et nous appartiendrions tous à un modèle plus ou moins bien défini, par exemple, le **dilaté** (visage carré, personnalité plutôt ouverte), le **rétracté** (visage long, plutôt tranquille), le **concentré** (dans un visage plutôt carré, un regroupement rapproché des récepteurs signifie puissance et détermination). De plus, selon la morphopsychologie, le visage serait séparé en trois étages, horizontalement, qui régiraient les zones cérébrale, affective et instinctive.

Bien que je ne doute pas que la morphopsychologie puisse être un outil intéressant pour un développement personnel approfondi, je n'en parlerai pas davantage, mais j'aborderai plutôt la **gestion de notre apparence et de notre image,** puisqu'il semble que ces deux éléments créent notre personnalité, tout autant qu'elles en sont le reflet. N'oublions pas que notre allure et notre visage sont notre meilleure carte de visite. C'est ce que tout le monde perçoit en premier de nous. Ainsi, se connaître mieux, c'est à coup sûr apprendre à s'aimer. Il est donc important d'avoir la conscience de soi, car cela nous rapproche de la question primordiale évoquée plus haut : **Est-ce que je ressemble à ce que je suis réellement ?**

Dans ce but, nous allons donc étudier les différents types de visages et de morphologies. Ensuite, nous découvrirons ce qui nous va le mieux et ce qui ne nous va pas, à l'aide de tests simples et ludiques.

Chemin faisant vers la connaissance de soi, vous apprendrez à mieux gérer votre apparence. Et les changements apportés à votre physique modifieront non seulement vos comportements, mais aussi votre « moi » intérieur.

PREMIÈRE PARTIE

Connaître son corps

SAVOIR SE CONNAÎTRE ET SURTOUT SE RECONNAÎTRE

« Le pire état de l'homme, c'est quand il perd la connaissance et le gouvernement de soi », disait Montaigne. Pour ma part, j'aimerais vous permettre de vous connaître sur le plan physique tout court. Pour que vous puissiez mieux vous connaître, pour que vous ne vous ne négligiez pas ce que vous êtes et avanciez dans la vie avec les meilleures cartes en main.

Nous allons commencer par apprendre à quoi nous ressemblons. Et, pour mieux comprendre l'impact de l'image que nous projetons, nous devons savoir à quel type de morphologie nous appartenons.

Chacun de nous est unique.
Ne l'oublions pas ! C'est ce qui
en fait l'intérêt.

Cependant, nous sommes aussi tous différents. Différents par notre morphologie et par la forme de notre visage. La plupart du temps, ces différences déterminent des « groupes » distincts, et nous appartenons à l'un d'eux.

se connaître
et se reconnaître

Chapitre 1

Notre corps et nous

L'IMPACT DE L'IMAGE

Nous sommes perçus et le plus souvent sélectionnés en fonction de notre représentation physique. Donc, ne la négligeons pas ! Faisons qu'elle soit « nôtre », le mieux possible, dans le sens de notre vérité. Qu'elle donne de nous un reflet authentique. Car il faut prendre conscience du regard de l'autre : tout est question de relation à l'autre, le trait d'union ou de rupture, entre soi et les autres.

On comprend, dès lors, que notre image doit être *à notre service*, qu'elle doit être la projection de notre moi intérieur. **Elle doit nous ressembler.**

Nous allons donc, dans les chapitres qui suivent, apprendre à utiliser les ressources de notre physique, à lever les obstacles que peut poser notre silhouette, à construire – ou à reconstruire – notre séduction, pour atteindre l'harmonie entre notre image et nous-même.

Nous allons procéder par des tests simples qui ont pour but de nous faire prendre conscience de notre apparence. Pour ce faire, nous devrons nous « envisager » **comme un tout** et essayer d'être objectif devant la représentation extérieure de notre personne.

Le premier test traite de notre appartenance morphologique à un groupe déterminé : les « somatypes ». Ces types morphologiques ont été décrits dès 1942 par un psychologue américain, William H. Sheldon (*The Varieties of Human Physique*), une autorité en la matière.

On peut considérer que la morphologie est l'assemblage des différents caractères génétiques qui reflètent l'apparence d'un individu ; ou, selon le *Petit Robert* : « Étude de la configuration et de la structure externe (d'un organe ou d'un être vivant). » Il est important d'étudier la morphologie et surtout de mieux la comprendre.

L'image est notre second langage, l'expression de notre caractère,
de notre personnalité. Elle parle de nous.
Elle parle pour nous.

Donc, selon Sheldon, le corps, pris comme une entité, possède une morphologie qui lui est propre, héritée le plus souvent de nos parents et de la génétique. Globalement, il existe trois types de corps : **endomorphe, ectomorphe** et **mésomorphe.** « Endo », « ecto » et « méso » viennent du grec et signifient respectivement « en dedans », « au dehors » et « au milieu ».

Par exemple, quelqu'un appartenant au type ectomorphe sera plutôt longiligne, avec une ossature fine et des muscles longs ; le mésomorphe aura une stature et une ossature moyennes (« au milieu ») ; et l'endomorphe sera replié sur lui-même, plus tassé (« en dedans »). Il nous est donc plus facile maintenant de savoir à quel type nous appartenons. S'il subsiste un doute, nous pourrons mieux nous identifier grâce aux caractéristiques développées dans le chapitre suivant. Mais, d'abord, faisons le premier test.

Test 1

QUELLE EST VOTRE MORPHOLOGIE ?

Regardez-vous dans une glace en pied, debout, les bras sur le côté, et voyez :

1. **Votre taille**
   a) Vous mesurez plus de 1 m 70
   b) Vous mesurez entre 1 m 60 et 1 m 70
   c) Vous mesurez moins de 1 m 60

2. **Votre musculature**
   a) Vous êtes mince, peu musclé
   b) Vous êtes plutôt musclé
   c) Vous êtes enveloppé, sans beaucoup de muscles

3. **Vos membres (les bras le long du corps)**
   a) Les mains s'arrêtent plus bas que le milieu des cuisses
   b) Les mains sont à mi-cuisse
   c) Les mains s'arrêtent plus haut que le milieu des cuisses

4. **Votre tempérament**
   a) Plutôt introverti, anxieux
   b) Aventureux, autoritaire
   c) Tolérant, sociable

5. **Vos épaules**
   a) Elles ont pratiquement la même largeur que le bassin
   b) Plus larges que le bassin
   c) Étroites

6. **Vos mains**
   a) Longues et fines
   b) Très carrées
   c) Plutôt dodues

Vous êtes ectomorphe si vous récoltez un maximum de A
Vous êtes mésomorphe si vous récoltez un maximum de B
Vous êtes endomorphe si vous récoltez un maximum de C

LES BASES DE LA MORPHOLOGIE

Vous venez de faire le premier test et savez donc que vous êtes plutôt ectomorphe, endomorphe ou mésomorphe. Mais vous voulez savoir un peu mieux à quoi cela correspond.

LES DIFFÉRENTS TYPES DE MORPHOLOGIE

Les ectomorphes, « éloignés de la terre », sont plutôt fins et longilignes. Ils ont peu tendance à faire de la graisse et leurs membres sont plus longs que ceux des autres types morphologiques. La poitrine et les hanches sont étroites.

Les mésomorphes, « proches de la terre », ont une charpente plus large, peu de graisse au départ. La poitrine et les épaules sont larges, souvent plus que le bassin, c'est pourquoi l'on dit que leur buste est taillé en V.

Les endomorphes, « dans la terre », sont les plus proches de la nature par leur physique. Ils ont une plus petite ossature, des membres courts, des épaules étroites mais une poitrine large. Ils sont plus enclins à l'embonpoint.

De plus, on peut associer à ces trois types des caractéristiques physiologiques particulières, et c'est là que Sheldon rejoint Hippocrate avec ses tempéraments bilieux, sanguins, lymphatiques et nerveux.

Par exemple, morphologiquement, l'ectomorphe serait plutôt nerveux, très souple, et aurait la particularité d'avoir un pouls rapide.

Le mésomorphe, lui, serait plus énergique, donc sanguin, voire autoritaire, vif, avec une tension artérielle basse.

Et l'endomorphe serait calme de nature, donc lymphatique, mais avec une certaine inertie et une digestion lente qui le prédisposerait à prendre du poids. Le pouls est lent au repos, mais la tension artérielle est normale.

Voici donc, dans les grandes lignes, l'explication de notre appartenance à une morphologie distincte. Il s'agit bien sûr d'une simplification, mais qui a l'avantage d'établir des classifications aisément reconnaissables.

Mais, de la même manière que les tempéraments hippocratiques purs n'existent pas, il est important de comprendre que nous sommes le plus souvent le mélange de différents morphotypes.

Type ectomorphe

TYPE ECTOMORPHE

Type ectomorphe « éloigné de la terre »
Apparence fine et longiligne avec des membres longs
Mince, peu tendance à faire de la graisse
Poitrine et hanches étroites
Caractéristiques physiologiques
Nerveux, introverti, anxieux
Très souple, grande laxité
Pouls rapide

Type mésomorphe

TYPE MÉSOMORPHE

Type mésomorphe « proche de la terre »
Charpente large, apparence bien campée
Peu de graisse, davantage de muscles
Poitrine et épaules larges
Caractéristiques physiologiques
Sanguin, énergique, peut être colérique
Aventureux, volontaire
Pouls rapide, mais tension basse

Type endomorphe

TYPE ENDOMORPHE

Type endomorphe « dans la terre »
Apparence ramassée, membres courts
Tendance à prendre du poids, digestion lente
Épaules étroites, mais poitrine large
Caractéristiques physiologiques
Calme, lymphatique
Une certaine inertie
Pouls assez lent, tension normale

Chapitre 2
Le corps féminin

Le corps de la femme nécessite à lui seul un chapitre spécial. Car je n'oublie pas le propos de ce livre : donner des conseils à toutes les femmes qui désirent améliorer leur silhouette dans le but estimable de se montrer au mieux de leur apparence.

LES DIFFÉRENTES MORPHOLOGIES DU CORPS FÉMININ

Pour mieux identifier le corps féminin, nous allons plutôt parler de **formes**. Car, chez la femme, les types morphologiques de base sont modifiés par plusieurs facteurs, induits pour la plupart par les **hormones féminines**. C'est ce qu'on appelle communément les « caractères secondaires de féminité ». Ce sont des variantes qui n'appartiennent qu'au corps de la femme et qui viennent modifier, adoucir et corriger les critères initiaux (ectomorphe, mésomorphe et endomorphe, vus au chapitre précédent). Ainsi, on a coutume de dire que le corps féminin s'apparente plutôt à des formes géométriques, par exemple :

- Un sablier (épaules larges ; taille fine ; hanches larges).
- Un triangle (épaules étroites ; hanches larges).
- Un triangle inversé (épaules larges ; hanches étroites).
- Un rectangle (épaules et hanches de la même largeur ; peu ou pas de taille).

Il s'agit là encore d'une simplification extrême, destinée à mieux comprendre et à déterminer à quel type physique nous appartenons. Nous devrions donc nous reconnaître d'emblée dans l'une ou l'autre de ces projections géométriques, mais il existe de nombreuses variantes. Par exemple, dans le cas du corps en **sablier**, on peut définir d'autres formes, comme le **corps en 8,** un sablier plus en rondeur. Ou un corps en **rectangle** pourra évoluer vers une forme **ovale** ou **ronde,** si la forme de base a été modifiée par une prise de poids excessive, par exemple.

Les quatre formes décrites plus haut sont des formes de base, sur lesquelles nous nous appuierons pour notre démonstration.

Depuis l'Antiquité, le corps de la femme n'a cessé d'inspirer les artistes, les poètes et les peintres. C'est ainsi que les différentes morphologies ont pu porter les jolis noms de Vénus callipyges, Rubens, mayas, Kheops, et bien d'autres encore plus ou moins poétiques.

D'autre part, force est de constater que, de nos jours, notre morphologie peut à tout moment être modifiée par la chirurgie. Pourtant, il est si simple, maintenant que nous nous « connaissons », de comprendre nos petites imperfections, nos défauts, et d'**apprendre à y remédier**.

Car il existe des remèdes simples et variés pour, sinon changer notre morphologie, du moins l'améliorer.

N'oublions pas non plus que le corps peut être modifié par des comportements positifs, par exemple l'exercice physique (natation, musculation, exercices d'endurance, yoga, etc.), une meilleure hygiène de vie, un bon régime alimentaire.

Ainsi, une personne longiligne (ectomorphe) pourra s'étoffer en pratiquant la musculation et par un apport supplémentaire de protéines.

Le type mésomorphe, lui, enclin à fabriquer du muscle, pourra modifier sa silhouette en pratiquant un sport d'élongation, comme la natation.

Quant à l'endomorphe, il devra prendre garde à une prise de poids intempestive et devra plutôt privilégier des sports d'endurance, tout en réduisant ses apports caloriques.

Le deuxième test nous obligera à nous examiner *attentivement*, mais cette fois comme si nous voulions nous apparenter **à une figure géométrique**.

Soyons attentives à notre projection dans l'espace. Sommes-nous **sablier ? Rectangle ? Triangle ? Triangle inversé ?** De ces formes féminines va dépendre toute une approche dans la gestion de notre image.

Savoir s'habiller
Savoir se mettre en valeur
Savoir évoluer…

Ce sera l'objet de la deuxième partie de ce livre. En attendant, faisons donc le test suivant en toute objectivité.

Armées de tout ce « savoir », nous allons nous appliquer à remédier aux imperfections de notre silhouette. Et nous comprendrons pourquoi cette veste de tailleur à double boutonnage nous engonce ! Ou pourquoi cette robe noire, parfaite et si simple, tombe sur nos épaules comme sur un manche à balai !

Test 2

LE CORPS FÉMININ

Regardez-vous dans une glace, debout, ou regardez une photo de vous.

1. Votre poitrine (taille des bonnets)
   a) Moyenne (80 à 90, bonnet A ou B)
   b) Petite (moins de 80, bonnet A) ou vous ne portez pas de soutien-gorge
   c) Généreuse (85 à 90, bonnet B ou C)
   d) Importante (plus de 90, bonnet C ou D)

2. Vos épaules
   a) Elles ont à peu près la même largeur que les hanches
   b) Paraissent étroites
   c) Sont assez larges
   d) Sont larges et plutôt musclées

3. Votre taille
   a) Est très fine (moins de 60 cm), tour de taille grandeur 24 et -
   b) Est large (plus de 70 cm), tour de taille grandeur 28 et +
   c) Est peu définie
   d) Est plutôt fine (de 60 à 70 cm), tour de taille entre 24 et 28

4. Votre bassin
   a) Est égal à vos hanches
   b) Est plat et large (parfois avec un peu de « culotte de cheval »)
   c) Est mal défini par rapport à la taille
   d) Est étroit

5. Votre cou
   a) Est plutôt mince
   b) Est long et fin
   c) Est plutôt court et large
   d) Est mal défini par rapport à la ligne des épaules

Vous avez le corps en **sablier** si vous avez un maximum de **A**
Vous avez le corps en **triangle** si vous avez un maximum de **B**
Vous avez le corps en **rectangle** si vous avez des **C** et des **A**
Vous avez le corps en **triangle inversé** si vous avez un maximum de **D**

Selon vos réponses au deuxième test, vous êtes fixée quant à l'aspect de votre silhouette. **Vous connaissez votre projection dans l'espace !**

Ces quatre types basiques sont faits pour vous aider à vous définir au plus près.

le corps féminin

En répondant au test, vous venez de vous rendre compte que vous êtes plutôt **sablier**, par exemple. Pourtant, vous vous trouvez plus ronde, moins anguleuse. C'est sans doute parce que vous avez une forme en 8, mais les critères à prendre en compte seront ceux de la forme en **sablier**.

De la même manière, votre test peut vous donner une silhouette en **rectangle**, mais, là encore, vous avez du mal à vous percevoir ainsi, puisque vous voyez des rondeurs sur vos hanches, par exemple. Votre forme de base reste cependant le **rectangle**.

Votre test vous attribue la forme en **triangle**, mais pourtant vos hanches ne vous paraissent pas aussi larges que dans la description de cette silhouette. Vous êtes d'une morphologie ovale, mais le type de base reste le **triangle**.

N'oublions pas non plus que le corps de la femme change. Il évolue tout le long de la vie. Et depuis trente ans le corps de la femme s'est transformé.

- Les formes pleines de Marilyn Monroe ont tendance à disparaître au profit de formes plus longilignes, plus plates.

- Les femmes des jeunes générations mesurent de 2 à 5 cm de plus que leurs mères.

- De plus, les différentes phases hormonales (puberté, grossesse, ménopause) modifient la silhouette de la femme.

Se baser sur les quatre types morphologiques les plus élémentaires, c'est faciliter la compréhension et l'apprentissage.

L'exposé qui suit vous donnera plus de détails sur ces quatre types féminins.

Le corps en sablier

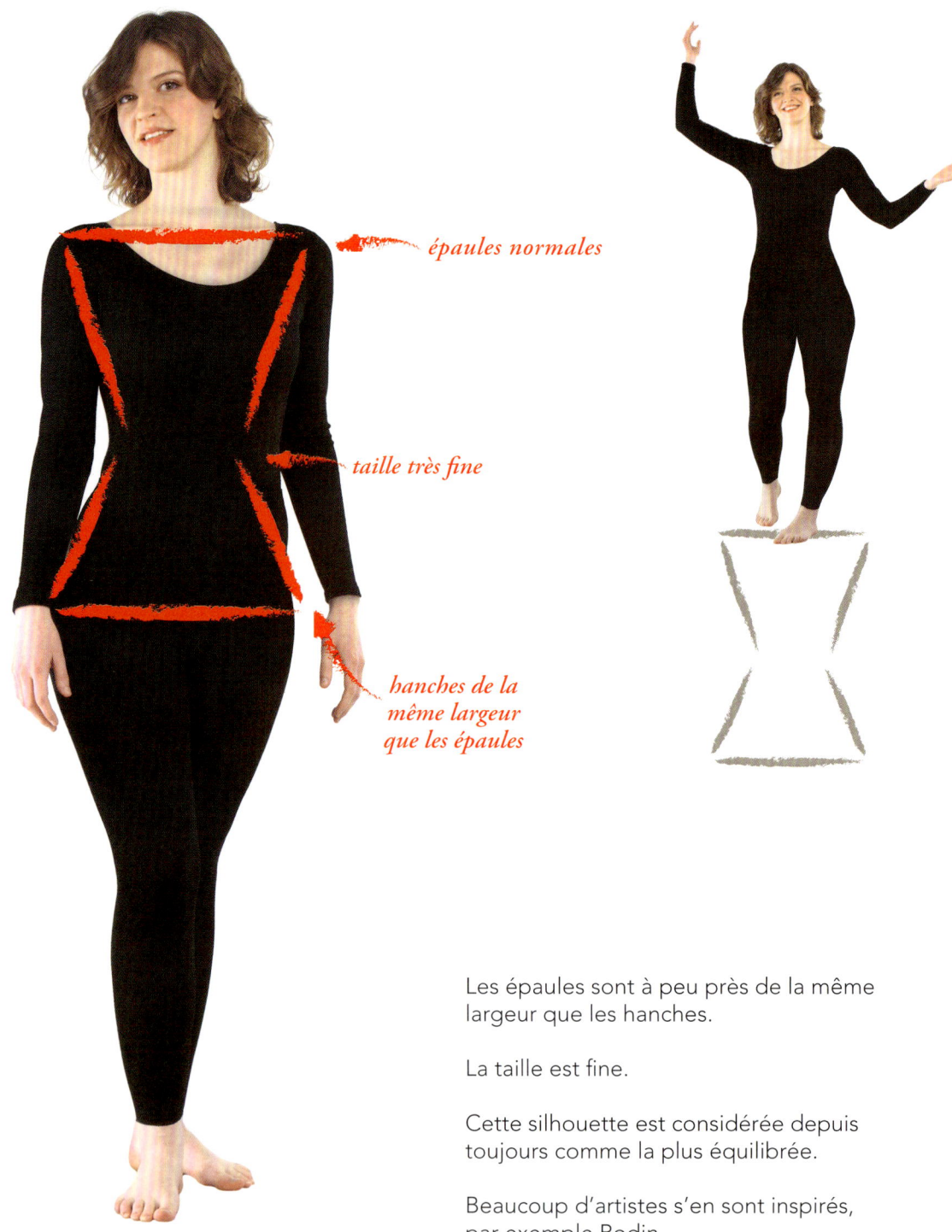

épaules normales

taille très fine

hanches de la même largeur que les épaules

Les épaules sont à peu près de la même largeur que les hanches.

La taille est fine.

Cette silhouette est considérée depuis toujours comme la plus équilibrée.

Beaucoup d'artistes s'en sont inspirés, par exemple Rodin.

Le corps en 8

Le corps de la femme sablier peut évoluer vers une forme en 8, en s'alourdissant avec le temps.

Le corps en triangle

épaules assez étroites

taille fine

hanches larges

Ce type de corps, très féminin, se rencontre beaucoup dans le bassin méditerranéen.

Ces formes rappellent celles d'un triangle, car les hanches sont singulièrement plus larges que les épaules. La figure géométrique est donc un **triangle pointant vers le haut.**

Généralement, la poitrine est menue.

Ce type de corps est enclin à l'embonpoint et la femme peut avoir une « culotte de cheval » assez marquée dans certains cas.

L'artiste qui a été le plus inspiré par ce type de corps est Rubens.

Le corps en rectangle

Ce qui frappe dans un corps en forme de **rectangle,** c'est l'absence de taille. Les épaules comme les hanches sont sensiblement de la même largeur.

Ce corps rappelle celui des « ectomorphes » longs et minces, mais peut aussi être assez trapu.

L'artiste qui s'est le plus inspiré de cette forme de corps est sans nul doute Giacometti.

Très souvent, ce corps est plutôt androgyne, donc un peu masculin (sans aucune connotation péjorative : il s'agit simplement d'une définition « morphologique »).

épaules larges

peu de taille

hanches étroites

Le corps en triangle inversé

épaules larges

peu de taille

hanches étroites

C'est le corps typique des nageuses. La figure géométrique en est le **triangle**.

Ce qui frappe, ici, c'est souvent la largeur des épaules. En effet, elles sont plus volumineuses que les hanches, ce qui reproduit la figure géométrique d'un **triangle pointant vers le bas.**

Ce type de corps se rapproche du « mésomorphe » et aura besoin de gagner en féminité.

les quatre types de corps féminins

CONCLUSION

Vous devez maintenant avoir une notion assez précise de votre apparence et une idée plus juste de *l'image que vous projetez dans l'espace.*

Votre corps projette une **représentation géométrique**, et c'est sur elle que nous nous baserons, dans les prochains chapitres, pour travailler à améliorer cette représentation extérieure.

De tout temps, la représentation idéale fut celle du sablier, car cette forme possède ce qu'on considère comme de « justes proportions », et tous ses volumes (seins, fesses) sont bien équilibrés. De plus, le rapport des proportions entre la ligne de carrure, la taille et la ligne du bassin est parfait. Ce sont les mesures idéales des mannequins (90/60/90).

Les bustes sur lesquels travaillent les patronnières sont construits suivant ces mesures.

Si vous avez ces mensurations, félicitations ! Tout vous sera permis en matière d'habillement. Les couturiers avaient coutume de travailler sur cette silhouette, de s'en inspirer, mais ces dernières années les canons de la beauté ont évolué et l'on assiste à une modification des standards morphologiques : les filles des podiums n'ont plus de poitrine, elles sont maigres, très longilignes, et s'apparentent pour la plupart au type ectomorphe.

Cependant, si vous ne possédez pas le type de corps en sablier, rien n'est perdu !

La deuxième partie de ce livre est conçue pour vous aider à vous rapprocher au plus près de cette silhouette idéale.

Chapitre 3
Corriger notre image

Vous venez de « prendre contact » avec votre apparence. Vous savez à quoi vous ressemblez dans les grandes lignes, quelle est l'image que vous projetez et ce que vous allez devoir améliorer dans votre silhouette.

Comme j'aime à le dire, vous avez la connaissance, à vous d'acquérir le « savoir » ! C'est beaucoup plus simple qu'il n'y paraît.

Je suis certaine que, si vous avez examiné sérieusement votre projection, vous avez déjà des idées assez précises sur ce que vous devrez changer, améliorer, corriger, voire retoucher. Et cela par de simples réflexions empreintes de bons sens !

Dans ce chapitre, nous allons donc apprendre le bon sens, la juste proportion, l'équilibre. Rien de sorcier. Nous allons faire appel à notre sens mathématique. Car c'est une affaire de lignes géométriques. Par exemple, une silhouette maigre aux épaules étroites (donc une projection de ligne verticale) ne sera pas mise en valeur par d'autres lignes verticales, comme un décolleté en V profond, par exemple. Pour contrebalancer cette verticalité et rétablir l'harmonie, il faut plutôt rechercher l'horizontalité, par exemple, pour la silhouette maigre aux épaules étroites, une encolure carrée ou en rond.

Vous comprenez ? Il s'agit de retrouver l'harmonie de la projection de son image.

Le *Petit Robert* définit l'harmonie comme des « relations existant entre les parties d'un tout et qui font que ces parties concourent à un même effet d'ensemble ». Saint Augustin lui-même ne disait-il pas que « l'unité est la forme de toute beauté » ? Quoi qu'il en soit, **il faut rendre notre « effet d'ensemble » cohérent** par toutes sortes d'astuces, de modifications géométriques et de constructions, là où il y a des manques ou des excès.

André Gide écrivait à ce propos : « Chaque courbe du corps humain s'accompagne d'une courbe réciproque qui lui fait face et lui répond. L'harmonie qui résulte de ces balancements tient du théorème. »

Je vous le disais bien : ce sont des mathématiques !

Pour bien gérer l'image qu'on projette, il faut savoir « se » regarder — comme nous venons d'apprendre à le faire, dans les chapitres précédents — en prenant du recul par rapport à l'image que nous renvoie notre miroir, et voir si l'ensemble est cohérent.

*Tout est question d'équilibre,
de justes proportions
et surtout d'harmonie.*

Nous savons nous regarder, *nous savons à quoi nous ressemblons.*

Pour ma part, j'ai le visage carré, le corps plutôt en rectangle, et j'appartiens à n'en pas douter au type mésomorphe... mais je me soigne !

Quand on connaît ses points « malades », on peut utiliser les bons remèdes. C'est ce que je vous propose ici : remédions à nos points faibles...

... en sachant qu'il existe un traitement pour toute chose, pour peu que nous ayons la volonté de changer ce qui ne va pas.

Maintenant que nous connaissons notre morphologie, nous saurons utiliser les vêtements adéquatement. Sachons qu'il existe la bonne taille, la coupe idéale et le meilleur style pour chacune d'entre nous.

Nous allons apprendre à « équilibrer les petits déséquilibres » que la nature nous a donnés.

LÉGENDE DES SIGNES ET DES FORMES

Rectangle   Arrondie   Triangle   Triangle inversé

LÉGENDE DU TRAVAIL SUR LES SILHOUETTES

Contour   Réduire   Élargir

projection

Quand vous apercevez quelqu'un dans la rue, vous ne voyez qu'une « forme » venant vers vous. **Une projection quasi géométrique de son image.** C'est ainsi que cette personne peut vous apparaître compacte, lourde, ou au contraire élancée, légère.

C'est dire que la morphologie est la *projection de l'image du corps*. On comprend bien, dès lors, que **tout est une question d'équilibre !** Il s'agira de travailler à rendre cette projection harmonieuse et proportionnée.

On l'a vu, la morphologie du **sablier** est considérée comme la silhouette idéale. Elle sera donc notre *modèle de base* pour les démonstrations qui suivent. (Il est à noter que cette morphologie aux proportions parfaites peut avoir une « version modifiée dans le temps », soit une morphologie en 8, dont la projection devra aussi être corrigée.) Puisque toutes les femmes n'ont pas une plastique irréprochable, notre but sera de nous en approcher le plus possible !

En suivant les différentes morphologies évoquées dans la première partie de ce livre, nous travaillerons sur la correction à apporter à chacune des silhouettes, mais sachons que la correction de la projection sera plus ou moins aisée.

Pour cela, il faudra respecter certaines règles. La première est d'effacer les disproportions qui nous affectent.

Puisque les lignes du corps sont des projections géométriques, les différentes morphologies seront l'objet des corrections géométriques particulières.

TABLEAU RÉCAPITULATIF

Votre projection	Triangle	Rectangle	Triangle inversé	Sablier
Votre forme	Vos hanches, ainsi que le bas de cette projection, sont trop pleins.	Vos épaules et vos hanches sont de la même largeur.	Vos épaules sont carrées et vos hanches, étroites.	Vous êtes bien proportionnée naturellement.
Votre taille	Votre taille est assez bien définie.	Vous n'avez pas de taille définie.	Votre taille est assez bien définie.	Vous avez la taille fine.
Vos épaules versus vos hanches	Vos épaules sont beaucoup plus étroites que vos hanches.	Vos épaules sont de la largeur de vos hanches.	Vos épaules sont beaucoup plus larges que vos hanches.	Vos épaules ont la même largeur que vos hanches, et votre taille est fine.

Vous êtes triangle

 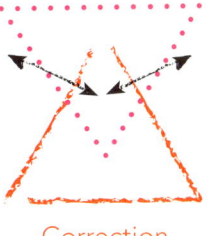 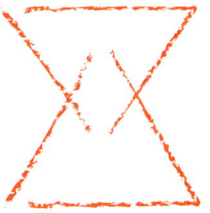

Votre forme — Correction à apporter — Forme idéale

Le bas de votre silhouette est plus large que le haut et vous avez soit :

- une bonne « culotte de cheval » ;
- des épaules peu marquées ;
- un bassin large.

Vous devrez effacer la disproportion en redonnant du volume à la partie supérieure de votre corps. Et, bien sûr, vous devrez « gommer » la partie basse par tous les artifices possibles (qui sont décrits plus loin).

Le premier obstacle à la projection harmonieuse de cette silhouette réside dans la largeur du bassin.

L'astuce sera de dissimuler les hanches.

Le bon remède sera de mettre en valeur les épaules.

Le but : attirer l'attention sur la partie haute du corps.

Dans le corps en **triangle**, la ligne géométrique dessine une horizontalité dans sa partie basse.

Cette horizontalité coupe la silhouette, l'alourdit, et ce, quelle que soit la taille de la personne.

Cette forme de corps « charge » sa projection.

Comme on recherche l'**équilibre**, il sera nécessaire de lui redonner de la verticalité par toutes sortes de moyens.

Donc, *toutes les lignes verticales rajoutées seront nécessaires et bienvenues* (comme nous allons le voir).

De plus, toujours dans le but de trouver le bon équilibre dans la silhouette, nous devrons *redonner de l'horizontalité à la partie haute*.

Vous êtes rectangle

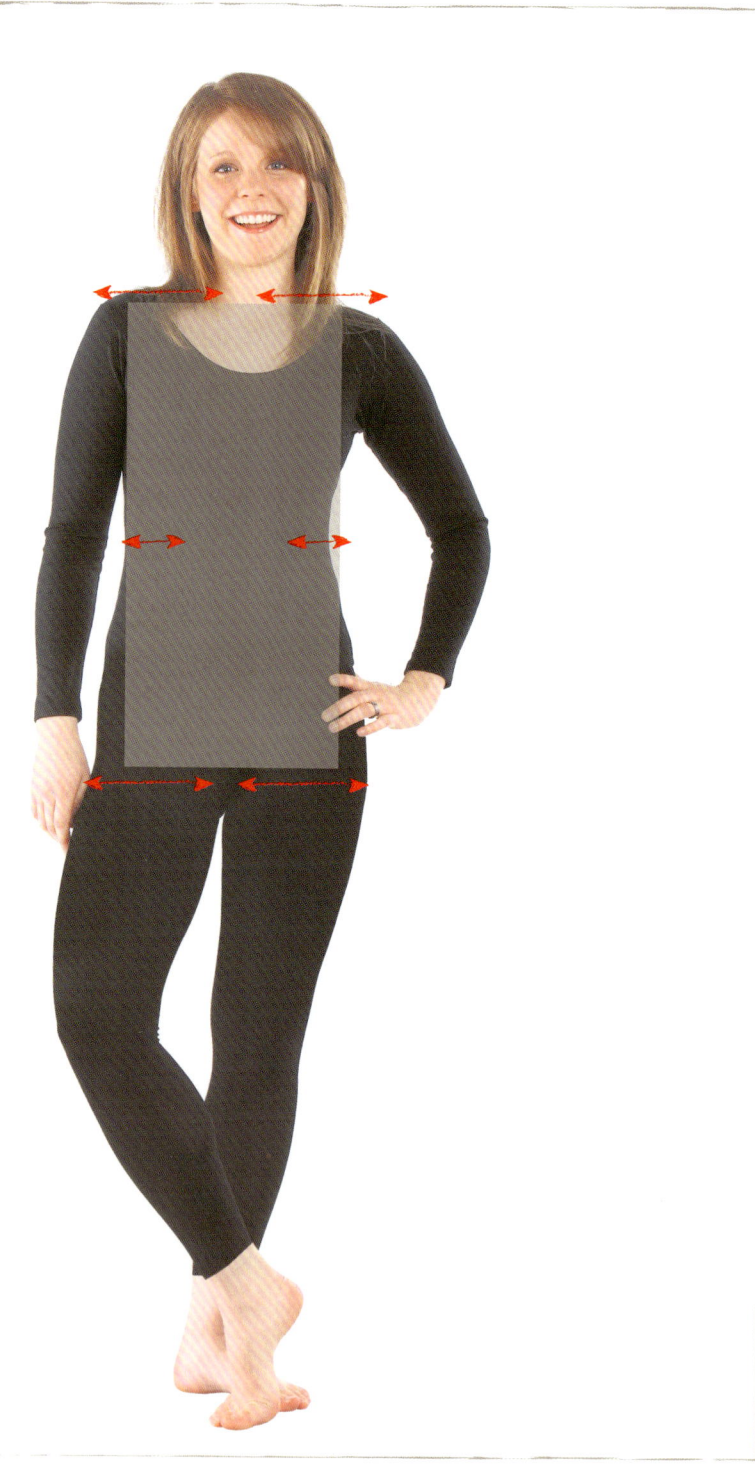

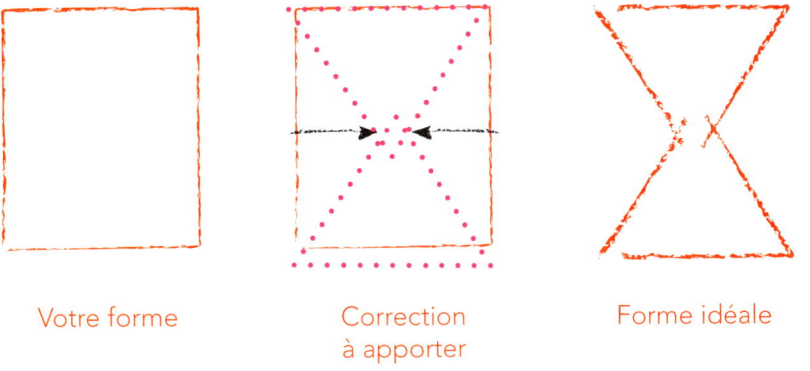

Votre forme — Correction à apporter — Forme idéale

Le milieu de votre silhouette est large et :

- vous n'avez pas ou peu de taille ;

- ou bien vos épaules sont aussi larges que votre bassin ;

- ou bien votre torse est trapu, avec une forte poitrine et peu de cou.

On corrige cette impression de « masse » en affinant la partie médiane du corps pour redonner l'illusion d'une taille.

Le premier obstacle de cette silhouette est l'absence de taille définie.

L'astuce sera d'affiner la silhouette en son milieu.

Le bon remède sera de redessiner la taille par tous les artifices que nous verrons plus loin.

Le but : redonner de la finesse au milieu du corps.

Le corps en **rectangle** a des lignes verticales qui donnent l'impression d'être égales, ou presque, aux lignes horizontales.

Cela produit un effet de masse très important et la silhouette est lourde et sans grâce.

Nous devrons, dans ce cas, affiner la projection le plus possible. D'abord, en changeant la trajectoire des lignes verticales par des lignes transverses qui casseront le **rectangle** en son milieu. Ce sera, par exemple, le rôle des ceintures.

Ensuite, plus vous donnerez de la verticalité à cette forme (en rendant le rectangle plus fin), plus vous allégerez l'effet de masse.

Le travail de correction portera donc essentiellement sur les lignes verticales et transversales.

Vous êtes triangle inversé

  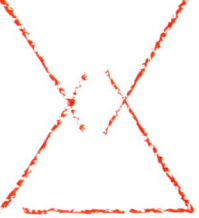

Votre forme   Correction à apporter   Forme idéale

La partie supérieure de votre silhouette est large et :

- vous avez donc les épaules larges ;
- ou bien vous avez une forte poitrine sur un buste large ;
- ou bien vos hanches sont très étroites (ce qui fait paraître le haut de la silhouette trop large, par comparaison).

L'obstacle de cette silhouette réside dans la largeur des épaules.

L'astuce sera d'élargir le bas du corps par tous les artifices possibles.

Le remède sera de mettre la taille en valeur pour féminiser cette forme et redonner du volume aux hanches.

Le but : diminuer le haut et élargir le bas.

Dans le corps en **triangle inversé**, c'est le contraire de ce qui se passe dans le **triangle**.

C'est-à-dire que la projection de ce type de corps est très différente, car ce qui arrête le regard en premier lieu (à la hauteur des yeux), c'est la ligne horizontale des épaules. Celle-ci nous « bouche la vue ».

Dans ce cas, il ne faut pas ajouter de la verticalité, parce que ce type de corps « paraît » déjà assez grand. La correction (toujours en vue du rééquilibrage de notre projection) sera, au contraire, de créer une horizontalité que je qualifierais de compensatoire à la base de cette silhouette.

Donc, tout travail qui porterait sur l'élargissement des hanches serait souhaitable.

Cependant, on évitera de ceinturer trop fortement cette silhouette qui donne déjà une impression de taille fine. Surtout parce que cela donnerait trop de volume à la partie haute. Rappelez-vous les ballons de baudruche de votre enfance : vous vous amusiez souvent à les « étrangler » entre vos mains. Et que se passait-il ? L'air contenu dans le ballon remontait vers le haut et le gonflait exagérément. Évitons donc de « gonfler le ballon » de cette forme géométrique dans sa partie haute, en étranglant la taille.

Vous êtes un 8

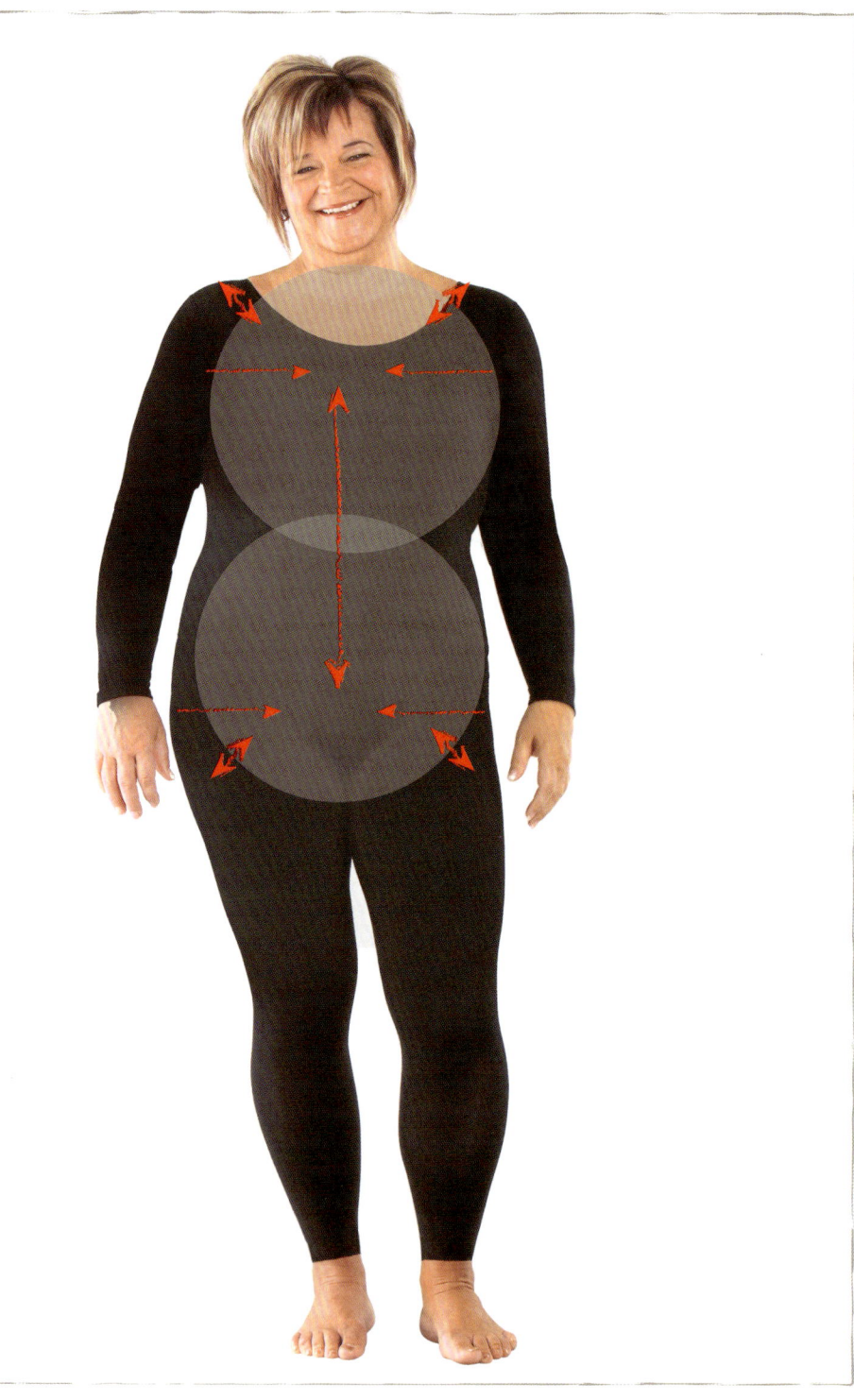

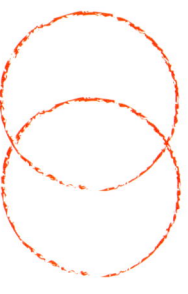 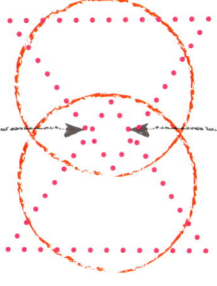 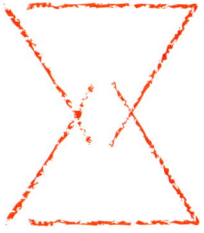

Votre forme — Correction à apporter — Forme idéale

Les parties supérieure et inférieure de votre silhouette ont des formes assez pleines et vous avez une taille très fine, mais peu visible :

- ce qui crée un véritable déséquilibre entre le haut et le bas de votre anatomie (un peu comme un diabolo) ;
- ce qui donne une impression de tassement de la silhouette.

L'obstacle principal de cette silhouette réside dans son effet de lourdeur.

L'astuce sera de redonner des angles aux épaules et aux hanches.

Le remède sera de garder le point de mire sur la taille.

Le but : amoindrir le buste et les hanches, redéfinir la taille.

Ce type de corps, **et notamment sa morphologie en 8** (qui est souvent son évolution au fil du temps), nécessite des corrections afin de rééquilibrer la silhouette.

C'est qu'il présente des formes plus pleines et plus rondes dans sa partie supérieure et dans sa partie inférieure. Ce peut être des hanches volumineuses avec des « poignées d'amour » ou une poitrine un peu trop généreuse (sur un buste resté fin) qui alourdiront la silhouette.

Les lignes géométriques, on l'a vu, sont des transversales qui se coupent en leur milieu, à la taille. Avec le temps, ces lignes vont s'émousser, s'arrondir, jusqu'à devenir trop épaisses. Songez par exemple aux « mammas » du sud de l'Europe : elles ont exactement ce type de corps.

La correction à apporter à ces corps (harmonieux et bien équilibrés à l'origine) sera de redonner aux transversales leur force, de sorte que la taille restera le point de mire.

Un peu de verticalité supplémentaire va aussi aider à élancer cette silhouette qui, avec l'âge, se tasse davantage qu'une autre, puisque les rapports de force, dès le départ, portaient sur une équation parfaite d'équilibre, mais que cet équilibre est compromis.

Chapitre 4

Corrections géométriques selon les différents types de corps

CONSEILS POUR AMÉLIORER NOTRE IMAGE

Pour arriver au résultat que nous souhaitons toutes – **savoir nous mettre en valeur** par le choix de nos vêtements, et avoir du style –, nous devrons respecter certains codes et apprendre certaines astuces pour *gommer nos imperfections et tirer parti de nos qualités*.

Revenons aux cas précédemment étudiés et voyons la stratégie que nous pourrions adopter en fonction de notre type de corps.

Cependant, à aucun moment il ne s'agira de changer votre personnalité! Au contraire, vous vous y collerez au plus près, vous la soulignerez pour la mettre en évidence.

TABLEAU RÉCAPITULATIF				
Types de corps	Triangle	Rectangle	Triangle inversé	Sablier
Corrections				
Augmenter la ligne verticale	Sur l'ensemble de la projection	Sur l'ensemble de la projection		Sur l'ensemble de la projection
Redonner de l'horizontalité	Dans la partie haute		Dans la partie basse	
Affiner	Dans le bas	Au milieu	Dans le haut	Haut et bas
Diminuer l'horizontalité	Dans le bas	Dans l'ensemble de la silhouette	Dans le haut	Dans le haut et le bas

Le triangle

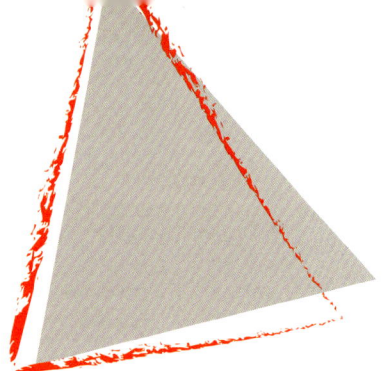

Votre forme

Les hanches et le bas de votre silhouette sont pleins.

Vos épaules, au contraire, sont étroites.

Votre taille est assez bien définie.

La stratégie

Attirer l'attention vers le haut.

Ajouter de l'équilibre en « élargissant » les épaules.

Mettre la taille en évidence.

Diminuer la partie basse.

Les astuces

Redonner de l'horizontalité à la partie haute par tous les moyens connus et efficaces.

Choisir des vestes aux épaules bien dessinées.

Préférer de hauts bustiers sans bretelles ou des encolures bateau. Ou même des chemises à fanfreluches, à volants ; des drapés pour habiller le buste et les épaules.

Attirer l'attention sur la partie haute par des couleurs vives, des imprimés, des tissus judicieux.

Porter des couleurs foncées dans le bas : elles amoindriront les hanches.

Penser aux pantalons à coupe *bootcut*, qui tombent droit depuis les genoux, faisant paraître les hanches plus fines.

Créer une ligne verticale

Pour allonger la silhouette, porter des talons. Ou des chaussures à bouts pointus qui font paraître les jambes plus longues.

Choisir de préférence des jupes ou des pantalons à taille haute, dans une coupe et un tissu souples qui tomberont droit dans la plus grande largeur de cette silhouette.

Gommer l'horizontalité des hanches.

En portant des hauts (chemises, vestes, tuniques) de la bonne longueur, c'est-à-dire juste à la pointe des hanches, avant qu'elles ne s'élargissent. Cela allongera les jambes et affinera le bassin.

Ne pas hésiter à ceinturer cette silhouette à la taille, afin de rééquilibrer la hauteur du buste et d'attirer le regard au bon endroit (ce type de corps ayant souvent la taille fine par comparaison avec la ligne des hanches).

TIRER PARTI DE VOS QUALITÉS

Ce type de corps possède très souvent un buste fin et délié. Si, en plus, la poitrine est belle et ferme, on pourra la mettre en valeur par des décolletés, des drapés aux épaules dégagées, des bateaux à revers plus ou moins plongeants (dans des tissus soyeux, par exemple), des couleurs vives, éclatantes, ou par des imprimés ou des tissus lamés.

Le cou, aussi, est souvent assez long et fin. Donc, ne pas hésiter à porter de beaux bijoux (tour de cou épais, boucles d'oreilles spectaculaires, clips en strass, etc.). Ces artifices mettront en valeur cette partie haute et y attireront l'attention.

La garde-robe idéale de la femme triangle

Mise en valeur du buste

Boucles d'oreilles spectaculaires et autres pendants d'oreille

Veston plutôt long – choisir des vestes aux épaules dessinées et même rembourrées

Jupe taille haute qui tombe droit à partir des hanches

Chemises à volants – toutes les fantaisies dans la partie haute sont les bienvenues : volants, etc.

Escarpins pour allonger la jambe

Pantalon à la coupe semi-évasée plutôt droit

Épaules bien dessinées – volume aux manches

Longueur des vestes

Foulards et autres colifichets

Les encolures bateau sont parfaites

Le rectangle

Votre forme

Assez masculine, épaisse au milieu.

Épaules de la même largeur que les hanches, mais sans taille définie.

La stratégie

Rendre cette silhouette plus féminine en mettant l'accent sur les épaules ou les hanches, ou bien en accentuant la taille.

Les astuces

Recréer des lignes transversales ou diagonales.

Reconstruire l'effet « taille » par tous les moyens possibles, mais d'abord par les ceintures. Celles-ci peuvent être plus ou moins larges, extensibles, à double rang, fines, etc.

Choisir des vestes cintrées à la taille qui créeront l'illusion d'une taille fine.

Des hauts à épaules bien définies ou avec des effets de manches (mancherons, par exemple) feront aussi paraître la taille plus fine, *par comparaison*.

Porter des manteaux « redingotes » ou ceinturés.

Des chemisiers « à pinces » au niveau de la taille, toujours.

Des cache-cœurs qui enserrent la taille par un lien.

Éviter l'effet de masse en affinant le buste.

En portant des vestes bien structurées, cintrées. Préférer les vestes courtes, plutôt que le veston de costume masculin.

Éviter les manches larges. Choisir de préférence des manches étroites, car elles donneront l'illusion d'un buste plus fin.

Vestes et chemises ne doivent pas descendre plus bas que le sommet des hanches.

Porter une même couleur dans le haut et le bas. Cette couleur peut être cassée à la taille par une autre couleur (ce qui créera l'illusion d'une taille).

Créer une verticalité plus importante.

Choisissez des vestes et des manteaux à encolure dégagée (comme les cols tailleurs), qu'on porte ouverts (créant ainsi une ligne verticale devant le corps) pour l'effet allongeant.

Prendre garde à la longueur des manteaux, pour ne pas créer un autre rectangle, ou pire, un carré. Je m'explique : regardez dans le miroir la largeur de vos épaules, puis la largeur de votre bassin, et faites en sorte que la projection vous allonge. Car, dans ce type de silhouette, le buste semble souvent plus court que les jambes. Donc, la plupart du temps, choisir des manteaux plutôt longs, sous les genoux, ou au contraire des trois-quarts, pour souligner la longueur des jambes, puis rééquilibrer le buste.

Porter des hauts à encolure en V plutôt profond, qui allongeront instantanément le buste et lui donneront de la finesse. De plus, les jambes étant généralement assez fines, il faut éviter d'accentuer cette particularité par des pantalons (ou des jupes) trop moulants qui mettraient trop en évidence la largeur de la partie haute du corps.

Astuce incontournable : éclairer le visage. En osant la couleur, cela attirera l'attention ailleurs.

Toujours penser à utiliser la longueur pour contrebalancer la largeur et ainsi paraître plus fine.

TIRER PARTI DE VOS QUALITÉS

Ce type de morphologie a de belles épaules et souvent une belle poitrine. On pourra les mettre en valeur par des décolletés en V ou des emmanchures américaines, par exemple, qui les souligneront sans créer d'autres horizontalités.

Les jambes sont souvent fines et bien galbées. Les mettre en évidence par des jupes juste au-dessus du genou (quand elles sont étroites), des robes « virevoltantes », des talons fins et des sandales découvertes.

La garde-robe idéale de la femme rectangle

Robe ceinturée, à la taille marquée avec une découpe ou une ceinture

Veste courte bien cintrée à la taille

Ceintures

Cache-cœur avec manches près du corps – les manches trois quarts sont idéales

Jupe évasée bien ceinturée

Chemisier cintré à encolure en V

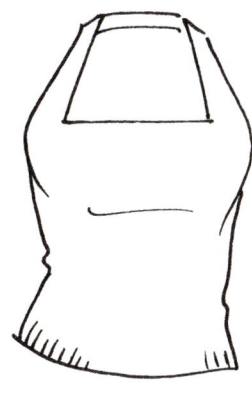

Manches raglan

Pantalon large portés avec chaussure à talon de préférence, sinon on risque de tasser la silhouette

Sommet de la hanche

Sandales féminines, escarpins

CORRECTIONS GÉOMÉTRIQUES...

CONNAÎTRE SON CORPS

Le triangle inversé

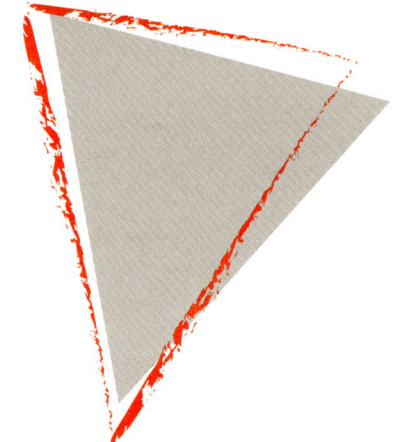

Votre forme

Le corps paraît plus large dans la partie supérieure.

Épaules carrées et hanches étroites.

La stratégie

Diminuer la largeur des épaules.

Ajouter du volume à la moitié inférieure du corps pour rééquilibrer la silhouette.

Les astuces

Arrondir les angles et casser l'horizontalité du haut.

Le travail consistera essentiellement à « gommer » les épaules. Pour ce faire, mettre de préférence des hauts au décolleté assez profond, en V par exemple. Les cols ouverts en U sont aussi une bonne solution, car le regard est détourné des épaules vers le décolleté, ce qui a pour effet de recentrer la projection horizontale vers le milieu et de minimiser la largeur des épaules.

Éviter absolument les ouvertures bateau qui engendrent une autre ligne horizontale. À proscrire avec ce type de silhouette.

Éviter tout effet de mancherons, de volants et d'épaulettes.

Privilégier les tissus légers et souples qui n'accentuent pas les épaules.

Créer une horizontalité dans le bas de la silhouette.

Pour redonner du volume aux hanches, adopter de préférence des jupes en biais, à plis, drapées, ballon, qui ajouteront de la largeur aux hanches.

Ce sera le cas également des pantalons, que l'on prendra à pinces, sans hésiter. Ou porter des pantalons à poches dans les coutures : effet d'élargissement des hanches garanti !

Éviter de mettre en évidence le déséquilibre.

Éviter les vêtements collants dans la moitié inférieure de ce type de corps (comme des pantalons moulants ou des jupes trop ajustées), car cela fera paraître la partie haute encore plus large.

Jouer avec les couleurs. **Sachons que le foncé camoufle, alors que le clair met en lumière !** Donc, mettre des t-shirts, chemisiers et vestes aux couleurs foncées, comme le noir, le marine, le brun, le violet, etc.

Éclairer le visage pour attirer l'attention vers lui plutôt que sur les épaules, et ne pas hésiter à mettre des bijoux. Mais il faut les porter loin du cou (sautoirs, pendants d'oreilles, etc.).

Ne pas attirer le regard sur la partie haute.

Détourner l'attention vers le bas en portant des couleurs claires dans cette partie de la silhouette. Ainsi, on met en lumière ce qu'on souhaite montrer au détriment de ce qu'on veut cacher !

Privilégier des hauts légers et souples qui n'accentuent pas les épaules. Donc, éviter les décolletés bateau qui accentuent la ligne horizontale du buste.

Ne pas hésiter à porter des emmanchures américaines qui mettront en évidence le centre du décolleté, ce qui fera paraître les épaules plus fines.

Jouer avec les jambes (qui sont en général longues et fines) ; porter des jupes virevoltantes, des pantalons bien coupés et même étroits.

Il est bon de savoir que les couleurs foncées camouflent, tandis que les couleurs claires mettent en relief.

TIRER PARTI VOS QUALITÉS

Très souvent, ce type de corps possède une poitrine à assise large et bien soutenue. Profitez-en.

À vous, les décolletés en V profond, les effets de drapés plongeants sur le torse (type col bénitier), les robes Empire qui soulignent la poitrine.

Profitez également de la finesse de vos jambes pour les montrer. Pensez aux jupes fendues pour vos soirées, par exemple.

La garde-robe idéale de la femme triangle inversé

Robe souple à emmanchures américaines et largeur sous la taille – robe en biais, à volants, etc.

Pendants d'oreilles délicats

Sautoir léger, rang de perles long, chaînes fines

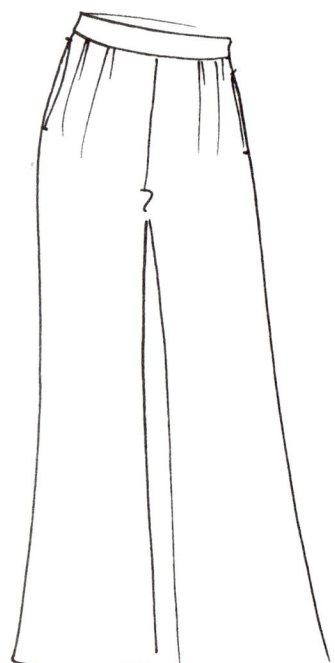

Pantalon à poches et à pinces, pantalon taille basse

Décolleté profond et emmanchures raglan sont parfaits

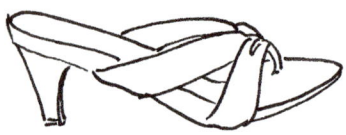

Sandales colorées et ballerines, car la jambe paraît plus longue

Haut souple ouvert en V
ou encolure
en U – emmanchures
américaines ou raglan

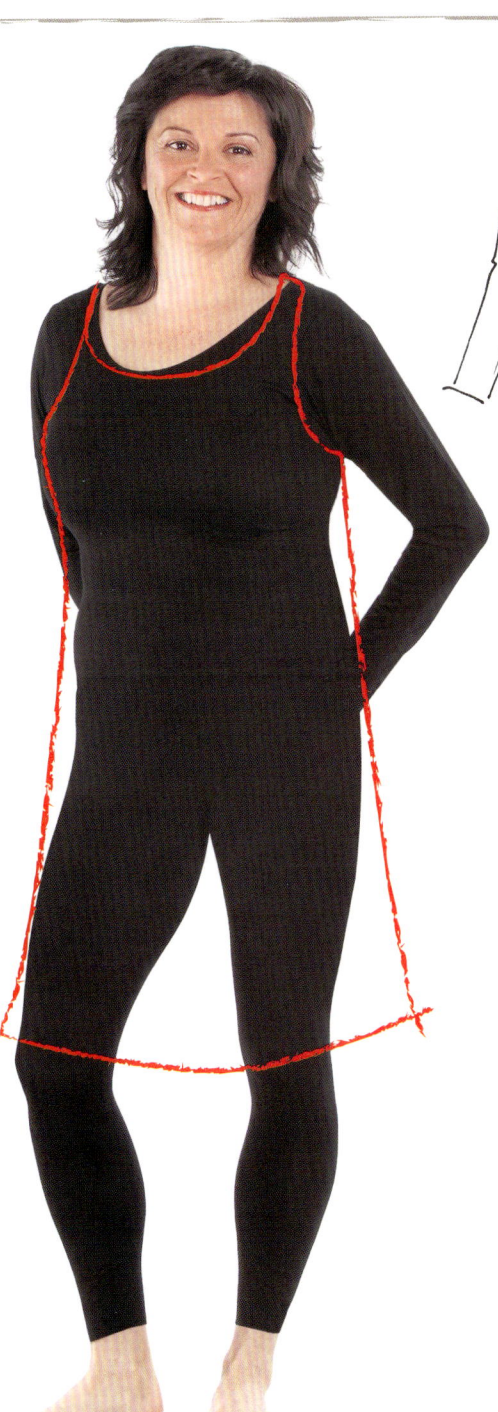

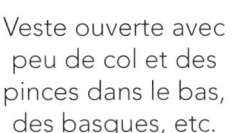

Veste ouverte avec
peu de col et des
pinces dans le bas,
des basques, etc.

Volume aux hanches et
jupe fendue

La morphologie en 8

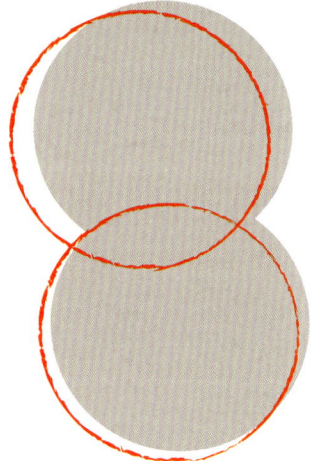

Votre forme

Vous êtes bien proportionnée, tout naturellement.

Vos épaules ont la même largeur que vos hanches.

Vous avez la taille fine et bien définie.

Le danger qui menace cette silhouette est le surpoids et le tassement.

La stratégie

Porter des vêtements qui soulignent la ligne du corps.

Ne pas hésiter à accentuer la taille.

Les astuces

Redonner des angles aux transversales.

Essayer des vestes à peine épaulées.

Porter des vestes et des hauts qui épousent les lignes naturelles du corps, sans les exagérer. Donc, des tissus souples, fluides.

Choisir des robes souples et soyeuses, de préférence ceinturées.

Porter des pantalons qui tombent souplement sur les formes du corps.

Affiner l'ensemble en recherchant la verticalité.

Éviter les fanfreluches sur la poitrine, devenue généreuse avec l'évolution de ce type de corps.

Porter des tailleurs aux rayures verticales fines qui produisent un effet allongeant supplémentaire.

Porter des vestes à un seul bouton, qui souligneront la finesse du buste et qui se fermeront à la taille. Voilà deux aspects à mettre en valeur avec ce type de silhouette.

Aimer le noir et toutes les couleurs foncées. Ne pas hésiter à les porter pour leur côté « amincissant ».

Gommer les rondeurs du bas et du haut de la silhouette.

Pour allonger la jambe, porter des rayures, des chaussures pointues.

Choisir des vestes assez courtes, dont le bas se pose sur la pointe des hanches, ce qui aura pour effet de gommer la trop grande différence entre la taille et les hanches.

Mettre de préférence des jupes sous le genou, droites, souples ou coupées dans le biais pour ne pas souligner les courbes trop évidentes. Ne pas hésiter à porter des talons hauts.

Quant aux tissus, éviter les matières brillantes.

Ne pas surcharger la silhouette par des bijoux lourds ou trop importants.

TIRER PARTI DE VOS QUALITÉS

L'atout principal de cette morphologie, c'est la taille. Quel que soit son tour en centimètres, elle paraîtra plus fine par rapport aux lignes géométriques des parties haute et basse de l'anatomie.

Cependant, il ne faut pas l'étrangler davantage, au risque de faire paraître le haut et le bas disproportionnés, trop épais. Il s'agit de la souligner en douceur, par exemple avec un chemisier près du corps, rentré dans la jupe, ou avec des pantalons à ceinture intégrée.

Quand il s'agira de porter des « twin-sets », rentrez le pull dans la jupe ou dans le pantalon et laissez retomber le cardigan par-dessus, en le laissant ouvert.

Même chose pour les vestes : portez-les ouvertes sur votre chemisier rentré dans la ceinture.

La garde-robe idéale de la femme en 8

Veste souple et épaulée

Twin-set avec le pull rentré dans la jupe ou le pantalon et le gilet ouvert par-dessus

Cardigan long, tissu à rayures verticales

Pantalon fluide

Robe en tissu souple pour marquer la taille souplement

COMMENT RÉTABLIR LES BONNES PROPORTIONS

Il existe deux méthodes pour améliorer la silhouette : le travail *en direct* (corriger la silhouette par des astuces adéquates) ; et le travail *en comparaison* (mettre en valeur la partie de la silhouette qui ne pose aucun problème).

proportions

TYPE DE CORPS	EN DIRECT	EN COMPARAISON
Triangle	Diminuer la partie basse par des jupes et des pantalons qui tombent souplement à partir des hanches. Couleurs foncées dans le bas de cette silhouette.	Attirer l'attention vers le haut par des couleurs vives, des bijoux. Mettre en valeur les épaules.
Rectangle	Recréer l'effet de taille : ceintures, vestes cintrées. Redonner du volume aux épaules et aux hanches.	Mettre en valeur le buste et la poitrine. Choisir les bons décolletés. Jouer avec la finesse des jambes.
Triangle inversé	Gommer la largeur des épaules à l'aide de tissus souples. Mettre des couleurs foncées en haut de la silhouette.	Redonner la largeur qui manque aux hanches. Pantalons à pinces et jupes à plis. Couleur claire dans le bas.
Forme en 8	Accentuer la taille. Gommer les rondeurs excessives du haut et du bas de la silhouette.	Affiner le décolleté par de jolis V. Privilégier les robes souples qui épousent le corps. Ceinturer légèrement.

Chapitre 5

Une revue des détails

Maintenant que nous connaissons les remèdes à apporter à notre type de morphologie, nous allons peaufiner notre recherche et passer à une « revue de détails » destinée à englober les problèmes que chaque femme est susceptible de rencontrer. Même si la plupart de ces problèmes ont été évoqués dans le chapitre précédent, il est bon d'y revenir dans le détail.

Il s'agira d'accentuer particulièrement les points positifs de la silhouette et de gommer les points négatifs.

Comme vous l'avez constaté y remédier est certes une question d'équilibre de notre silhouette, mais c'est surtout une question de bon sens élémentaire.

Les points délicats les plus fréquemment observés sont les suivants :

> Être *petite*
>
> Avoir *peu de taille*
>
> Être *trop grande*
>
> Avoir quelques *bourrelets*
>
> Avoir *trop d'épaules*
>
> Avoir un *petit ventre*
>
> Avoir des *seins volumineux*
>
> Être *trop maigre*
>
> *Pas de seins*
>
> *Trop de rondeurs*
>
> Un cou *court et trapu*
>
> Etc.

Pour commencer notre travail d'approfondissement, nous allons évoquer ce qui frappe en premier lieu dans la projection de notre image, c'est-à-dire la **verticalité.** Il existe deux cas extrêmes : cette projection est longue, grande ; ou bien elle est petite. La moyenne ne pose aucun problème dans cette notion de verticalité.

grande

UNE PROJECTION GRANDE

Pour les grandes femmes, ce n'est pas toujours simple. Toutes ne peuvent pas se targuer d'avoir la taille d'un mannequin. La longueur des membres ne fait rien à l'affaire ! C'est un tout qu'il faut savoir prendre en compte : une stature imposante peut aussi créer des problèmes de tenues vestimentaires…

Un de vos principaux atouts est que vous dominez la situation. Sans jeux de mots. Profitez-en pour mettre en valeur ce que vous avez de mieux.

Première leçon : mettre la taille en valeur

- Profitez de vos longues jambes et n'hésitez pas à les dévoiler, en toute décence.

- Les vestes courtes vous iront à ravir. Sautez dans vos tailleurs… même dépareillés !

Deuxième leçon : rechercher la féminité

- Privilégiez les robes dansant autour de votre corps pour le rendre plus gracieux et, dans certains cas, pour rajouter de la féminité.

- À vous les imprimés, les carreaux, les rayures. Ne vous en privez pas, si vous aimez !

- Vous pouvez vous permettre d'avoir les cheveux plus longs et de jouer avec leur longueur.

Troisième leçon : éviter de se « grandir » encore

- Cherchez des pantalons adaptés à la longueur de vos jambes. Ce n'est pas toujours facile d'en trouver, mais regardez du côté des marques américaines.

- En tout cas, évitez les pantalons courts qui vont casser votre silhouette, ainsi que les bermudas qui vont vous propulser encore plus vers le haut.

- Le talon très haut, à moins d'être svelte et élancée, peut vous donner l'air « girafe », ce qu'il faut éviter.

- Dissimulez, autant que possible, la longueur de vos pieds, en évitant, par exemple, les chaussures à bout pointu. Voici une astuce : choisissez des chaussures bicolores dont le bout est de couleur différente du reste de la chaussure. Rétrécissement garanti !

- Pour les accessoires comme les sacs, choisissez-les grands et larges : cela compensera votre hauteur.

petite

UNE PROJECTION PETITE

Le premier précepte essentiel est d'*accepter votre taille* et de savoir que vous devrez essayer de jouer avec ! Beaucoup de choses, quoi qu'on en pense, vous iront bien. Par exemple les pantalons, longs et courts ; les petits hauts près du corps, eux aussi courts ou longs ; les robes plutôt que les jupes qui, elles, couperaient trop votre silhouette. En effet, il s'agit avant tout de **ne pas couper votre silhouette,** mais plutôt de l'allonger.

Les personnes petites doivent savoir se mettre en valeur : s'allonger virtuellement, se grandir, mais aussi jouer avec leur taille, à bon escient, suivant l'adage selon lequel « tout ce qui est petit est mignon ».

Soyez donc mignonne !

Première leçon : allonger la silhouette !

Pour paraître plus grande, voici quelques astuces très simples à mettre en pratique.

- Restez dans une couleur unie, si possible. Plus vous serez monochrome, plus votre silhouette paraîtra allongée : rien n'arrêtera le regard ni ne découpera l'image que vous projetez.

- Si vous aimez les rayures, préférez-les verticales. Oubliez les rayures horizontales, vous comprenez très bien pourquoi... De manière générale, toutes les lignes horizontales seront à proscrire ! Par exemple, une ceinture peut couper votre silhouette en deux, et créer cette horizontalité dont nous ne voulons pas, dans votre cas.

- Préférez les talons, même petits, aux chaussures plates. La ballerine et autres sandales plates écrasent la silhouette (et pas seulement chez les petites femmes), car le poids du corps est alors recentré vers l'arrière (le talon) et nous avons tendance à nous affaisser, donc à être moins élancées. Cette chaussure sera réservée aux tenues décontractées. Prenez-les, si possible, sans brides autour de la cheville : ces brides créent une horizontalité qui coupe la jambe, même la plus fine !

- Choisissez (si votre tour de taille le permet) des vêtements près du corps, un peu moulants même, qui souligneront la poitrine en mettant en valeur la « petite Tanagra » que vous êtes ! Car toutes les petites femmes sont des Tanagra en puissance, c'est-à-dire des femmes

remarquables par leur grâce et leur finesse (comme l'étaient les statuettes de Tanagra apparues en Égypte au IIIe siècle av. J.-C.).

Deuxième leçon : mettre en valeur les atouts

- La grâce et la finesse sont des atouts que vous devez cultiver. Des activités comme la danse, la gymnastique rythmique, l'aérobic, peuvent vous aider à les développer.

- Travaillez en élongation, et non en force.

- Pensez « ectomorphe » et cherchez à « sortir de vous-même », en vous tenant droite par exemple, en sortant la tête des épaules et en bombant le torse. Voyez, à ce propos, tous ces hommes petits qui se tiennent très droits, presque exagérément, de manière à ne pas perdre un centimètre, et faites-en votre credo.

- Si vous aimez les bijoux, choisissez-les fins et légers.

- La couleur de vos vêtements doit être douce, peut-être des tons de pastel.

- Ne portez pas les cheveux trop longs : ils tasseraient trop la silhouette. Gardez-les souples, aériens. Comme vous.

- Et, surtout, faites-vous confiance ! Votre pouvoir de séduction sera favorisé par votre taille…

Troisième leçon : surveiller son poids

- Plus que d'autres femmes, prenez garde d'accumuler des kilos qui alourdiraient votre anatomie !

- Soyez attentive à votre alimentation.

- Attention au gain de poids important pendant la grossesse. Cela pourrait être préjudiciable à son bon déroulement.

- Pensez à plus tard ! Une petite femme trop lourde aura des problèmes plus fréquents avec son squelette en vieillissant. Mais n'oubliez pas pour autant qu'il s'agit là d'une facette de votre séduction et de votre charme. Quelques actrices à succès ont très bien tiré parti de leur petite taille.

La taille est donc capitale dans la gestion de notre image. Petite ou grande, nous devons en tenir compte pour bien nous mettre en valeur.

La taille détermine certains paramètres qu'il ne faut pas négliger.

UN PROBLÈME DE LARGEUR

Dans le travail qui porte sur la notion d'**horizontalité,** plusieurs problèmes se présentent à nous.

Les épaules

Idéalement, on l'a vu, *les épaules doivent être en équilibre avec les hanches.* Or, si nous avons des épaules étroites (comme dans la projection du triangle), nous devons créer une ligne droite à leur hauteur, de manière à leur redonner de la largeur.

- Ce sera par exemple en ajoutant des épaulettes pour augmenter le volume.

- D'autre part, il faut éviter les manches « raglan » qui rétrécissent à l'œil la largeur des épaules.

Par contre, si nous avons les épaules larges (voir la forme en triangle inversé), nous devrons les estomper le plus possible.

- Par tous les artifices vus plus haut.

- En évitant les décolletées bateau et carrés.

- En préférant les échancrures en V plongeant et les gilets ouverts devant la poitrine (qui vont recréer une verticalité et recentrer la largeur des épaules).

Les bras et les avant-bras

Avec l'âge, peu de femmes échappent au relâchement du dessous des bras. Soit à cause d'un surpoids disgracieux, soit à cause d'un manque de tonus musculaire souvent causé par la chute des hormones féminines, après l'âge de quarante-cinq ans. Pour cette raison, nous ne sommes pas nombreuses à aimer dévoiler cette partie anatomique, même l'été venu.

Il existe cependant des artifices faciles à mettre en place pour y remédier.

- Privilégier les hauts à manches courtes ou trois-quarts.

- Choisir des chemisiers dont les manches sont en voile ou en dentelle, qui montrent la peau par transparence.

- Faire des exercices de musculation. Si vous n'avez pas d'haltères, utilisez deux bouteilles d'eau.

Le buste

Le buste doit être *délié et fin,* pour que la projection soit des plus harmonieuses. Hélas, le temps et l'embonpoint épargnent rarement cette partie du corps. N'oublions pas que c'est le buste qui soutient la poitrine et que nous devons toujours maintenir une bonne position, le dos droit.

largeur

- Si le buste semble trop large, portez un soutien-gorge qui rapprochera les seins et minimisera ainsi le buste. Ne craignez pas d'éloigner la poitrine de la taille en raccourcissant les bretelles d'un cran ou deux.

- Mettez sa finesse en évidence par un boutonnage juste sous les seins. Ou choisissez une ceinture large qui emprisonnera le buste au-dessus de la taille.

Les bourrelets

Là encore, peu d'entre nous, maigres ou non, échappent aux bourrelets qui se forment au-dessus de la ceinture et sous le soutien-gorge, entre la taille et la ligne du buste. C'est assez disgracieux, surtout quand on se regarde de dos !

Même si les bourrelets sont difficiles à faire disparaître totalement, on peut les amenuiser.

- En évitant de prendre des tissus trop fins qui colleraient aux endroits fatidiques.

- En choisissant plutôt un tissu plus épais et lourd qui tombera sans marquer.

- Parfois, essayer une taille au-dessus pour éviter que le tissu se tende sur le dos.

La taille épaisse

Deux options s'offrent à vous (se reporter à la silhouette en rectangle).

- Cacher la taille sous des tuniques ou des vêtements amples.

- Ou vous ceinturer à la hauteur des hanches, ce qui détournera l'attention de cette partie de l'anatomie.

Le ventre

Pour cacher un ventre un peu rebondi, on doit masquer la taille par tous les artifices appris plus haut.

Premier objectif : dissimuler le ventre

- D'abord, éviter les pantalons à taille basse qui accentuent le bourrelet « mortel » en serrant trop les hanches. Mais éviter aussi les pantalons à taille trop haute. Porter de préférence des pantalons juste sous le nombril (pas trop « taille basse » cependant). Par un effet d'optique, cela raccourcira la largeur du ventre et fera disparaître son épaisseur.

- Éviter absolument les matières moulantes, comme le lycra et ses dérivés, le satin parce qu'il brille et attire

rondeurs

les regards à l'endroit fatidique, et tous les tissus qui glissent trop sur le corps (soie, taffetas) et ne cachent rien au regard.

- Préférer les jupes à empiècement qui, par leurs découpes, vont aplatir le ventre.

Deuxième objectif : détourner le regard

- Pour cela, il faut mettre en valeur autre chose, par exemple la ceinture à la pointe des hanches, ainsi que tous les hauts qui s'arrêteront au niveau des reins et qui détourneront l'attention.

N'oubliez pas que le fait de rester simple et naturelle doit primer tous vos désirs. Car tout ce qui sera compliqué sera contraint et aléatoire.

Règles d'or pour dissimuler un ventre rond

Pas de pantalons taille basse.

Préférer les pantalons qui « prennent bien la taille » et qui feront un « effet de gaine ».

Ceinturer à la hauteur des hanches.

Pas de tissus brillants.

Si vous aimez les chemises, laissez-les tomber souplement par-dessus le ventre.

Portez des vêtements aux tissus épais et d'une certaine « texture » qui joueront le rôle d'une gaine et effaceront le relâchement.

Et, n'oubliez pas : ne laissez jamais s'arrêter les hauts à l'endroit où le corps est le plus épais.

LES FESSES

Vous en avez trop, ou bien elles sont plates.

- Pour les minimiser, éviter les jupes moulantes qui souligneraient trop la rondeur des fesses. Choisir plutôt un tissu souple qui tombe droit, sans marquer.

- Pour les maximiser, porter des pantalons avec des poches ou des incrustations dans le dos. Ou essayer une jupe serrée davantage aux fesses que dans le bas, ce qui pourrait créer une rondeur là où il en manque.

LES HANCHES LARGES

Les hanches larges se rencontrent surtout dans une morphologie « méditerranéenne ». Les Vénus callipyges, pour êtres appétissantes et désirables, n'en ont pas moins un problème avec leur bassin. De plus, des hanches larges induisent souvent un large « fessier » ou même une culotte de cheval.

Donc, il faut dissimuler ces rondeurs.

Premier objectif : gommer les rondeurs inopportunes

- Les vestes longues qui s'arrêteront plus bas que la taille dissimuleront mieux les hanches larges. Comme tous les hauts et tuniques larges et longues.

- Les jupes souples coupées dans le biais peuvent aussi dissimuler le défaut. On évitera cependant les jupes droites, à moins qu'elles ne soient particulièrement bien coupées.

Deuxième objectif : éviter les marques

- Si vous aimez les pantalons, évitez à tout prix les sous-vêtements qui marquent, comme les slips qui soulignent « trop bien » les fesses.

Règles d'or dans le cas des hanches larges

Évitez les vestes courtes qui s'arrêtent juste à la taille et vous font paraître plus volumineuse. Pour que les hanches semblent plus minces, on peut porter un pantalon taille basse, mais il pourrait souligner les bourrelets du ventre.

Préférez les robes dansantes qui soulignent la poitrine et tombent en biais sur le bassin.

Le précepte le plus important est de rechercher l'harmonie dans les courbes et les lignes de votre morphologie.

PAS DE TAILLE

Ne pas avoir de taille, ou pas beaucoup, peut créer une silhouette en rectangle, lourde et peu gracieuse. Il est facile d'y remédier en adaptant notre garde-robe à ce problème.

Premier objectif : créer l'illusion de la taille

- Les hauts et les vestes qui « prennent bien la taille », comme les vestes cintrées et les hauts corsetés, seront très appropriés. On peut ceinturer une taille épaisse avec une ceinture large.

- Par contre, éviter les trenchs, même s'ils sont ceinturés : à cause de leur longueur, de leur double boutonnage et des bas-volets qui surchargent la partie supérieure, ils constituent rarement une bonne solution pour les silhouettes sans taille.

Deuxième objectif : affiner la silhouette

- Éviter les manteaux à double boutonnage : ils engoncent en « écrasant » le torse et ils épaississent la silhouette au lieu de l'affiner.

- En outre, moins vous multiplierez les couleurs et plus vous créerez l'illusion d'être déliée et fine.

Troisième objectif : mettre les épaules en valeur

- Cela produira un effet purement géométrique, car de belles épaules donnent l'illusion d'être moins large à la taille. À vous, les drapés aux épaules, les décolletés bateau originaux, les épaulettes, etc.

Règles d'or en cas d'absence de taille

Offrez-vous des vestes cintrées.

Portez des V profonds.

Ceinturez large !

Jouez avec vos épaules.

LES JAMBES COURTES

Il s'agit, là encore, de donner de la longueur aux jambes. De plus, la jambe courte peut donner l'illusion d'un buste long, ce qui accentuera le problème.

jambes

Heureusement, il existe des solutions pour pallier ce problème. Mais, comme toujours lorsqu'il s'agit de camoufler un défaut, attention à la multiplication des couleurs.

Premier objectif :
donner de la longueur à la jambe

- Assortir la couleur des chaussures à celle de la jupe ou du pantalon.

- Mieux encore : la jambe paraîtra plus longue si vous portez des collants du même ton que vos chaussures et que votre tenue.

- C'est le moment de porter des talons plutôt fins.

Deuxième objectif :
éviter de couper la silhouette

- Pour cela, les pantalons courts et leurs dérivés (corsaires, bermudas) sont à proscrire, parce qu'ils coupent la silhouette en deux parties au mauvais endroit.

- Préférer des pantalons longs, étroits, portés avec des talons. Ou des pantalons larges et évasés, car ils donnent l'illusion de longueur, comme les pantalons à taille haute.

- Oublier la jupe à mi-mollet qui tasse trop la silhouette.

- Essayer les bottes qui flirtent avec l'ourlet de la jupe : c'est une bonne combinaison.

Règles d'or en cas de jambes courtes

Une couleur unique à partir de la taille.

Porter des chaussures fines à talons.

Des pantalons à taille haute.

LE COU COURT ET TRAPU

Ce « défaut » peut provenir de notre conformation physique ou de notre maintien. Cela dit, un cou court n'est pas forcément une fatalité : la plupart du temps, il suffit de se redresser en rejetant les épaules en arrière et en levant le menton. Mais il est évident qu'un cou souple et menu sera toujours plus gracieux.

Premier objectif : sortir le cou des épaules

- C'est la première illusion à créer : faire en sorte que les épaules soient bien détachées de la tête, donc du cou. Pour ce faire, privilégiez les cols loin du cou, ou, mieux encore, les V profonds qui « allongeront » l'encolure. Sachez que plus vous montrerez votre peau à cet endroit précis, plus le cou paraîtra long.

Deuxième objectif : éviter d'être engoncée

- Bannissez les vestes à encolure tailleur ou trop fermées près du cou, car elles nous enfoncent encore davantage la tête dans le cou.

- Pour les bijoux, on préférera les pendants d'oreilles et autres chandeliers, parce qu'ils créent l'illusion de longueur. Par contre, les clips trop près du visage accentueraient l'effet de masse engendré par le manque de cou, au niveau des maxillaires. Les « colliers de chien » sont à proscrire aussi, car ils enserrent trop le cou et le font paraître épais.

Règles d'or pour allonger un court cou

Ne craignez pas de montrer votre peau.

Attention aux encolures trop près du cou.

Quant à la coiffure, dégagez les maxillaires et pensez à la nuque.

Choisissez des bijoux longs et pendants.

*Le précepte le plus important est de rechercher l'harmonie
dans les courbes et les lignes de votre morphologie.*

Quelques règles d'or

*Les couleurs foncées
dissimulent.*

*Les couleurs claires mettent
en valeur.*

*Moins vous multipliez les couleurs,
plus vous affinez votre silhouette.*

*Pour vous grandir, portez des talons
ou des chaussures à bouts pointus.*

*Pensez aux tissus à lignes verticales
plutôt qu'horizontales.*

*Redonnez du volume aux épaules
qui en manquent,
par tous les effets d'emmanchures
et d'épaulettes.*

*Ne fragmentez jamais la silhouette
à l'endroit le plus large.*

*Contrebalancez la largeur
par la longueur.*

*Dans le cas d'épaules larges,
préférez les encolures en V.*

*Pour les épaules étroites, préférez
les encolures carrées ou bateau.*

*Soyez attentive à vos sous-vêtements :
un bon soutien peut
faire la différence.
Un slip invisible aussi.*

*Portez des bijoux qui soulignent
votre beauté naturelle et qui
corrigent votre morphologie :
longs chez les cous courts ;
courts chez les longs cous.*

*Adaptez votre coiffure à la forme du
visage et au rapport épaules/cou.*

Préférez la qualité à la quantité.

DEUXIÈME PARTIE

Connaître son visage

NOTRE VISAGE, NOTRE SIGNATURE

De la même manière que nous avons appris à connaître notre corps et à corriger sa projection là où il y avait des imperfections, nous allons maintenant nous préoccuper de notre visage. Le plus souvent, notre visage « va » avec notre silhouette. C'est ainsi qu'une ectomorphe, avec une projection triangle, aura le plus souvent un visage long. Une projection rectangle (plutôt mésomorphe) aura un visage carré.

Par conséquent, il est aussi important de connaître la forme de notre visage que celle de notre corps. Nous examinerons donc notre visage en toute objectivité pour déterminer au mieux sa morphologie. Cette recherche sera très utile pour déterminer la coiffure qui nous siéra le mieux, pour choisir les lunettes, solaires ou non, les mieux adaptées à notre forme.

Chacun de nous est unique. Ne l'oublions pas ! C'est ce qui fait notre intérêt.

Cependant, nous sommes aussi tous différents. Différents par la morphologie comme par la forme du visage. La plupart du temps, ces différences déterminent des « groupes » distincts, et nous appartenons à l'un d'eux.

la forme de notre visage

Chapitre 6
Notre visage

Comme pour le corps, nos visages n'ont pas tous la même morphologie. Là encore, nous avons des *formes de base*.

Ce sont des formes schématiques qui vont nous aider à intégrer la forme de notre visage dans un cadre défini par des critères de **largeur**, de **longueur** et d'**équilibre entre les deux**.

Cela dit, chacune de ces formes présente des variantes qui peuvent se multiplier presque à l'infini. C'est d'ailleurs ce qui en fait l'intérêt. On aurait du mal à imaginer un monde où tous les individus se partageraient seulement quatre formes de visage. Ce serait un monde de clones, en somme.

Donc, réjouissons-nous de nos différences, même si la forme de notre visage appartient d'une manière ou d'une autre à l'une de ces quatre *formes de base*.

LES FORMES DE BASE DU VISAGE

Voici le classement admis par les professionnels qui traitent de la morphologie du visage :

- Le visage ovale ;
- Le visage carré ;
- Le visage rond ;
- Le visage long.

Nous allons maintenant faire le test n° 3 pour déterminer de quelle forme de base notre visage se rapproche le plus.

Pour ce faire, *nous allons nous examiner attentivement*, avec l'envie d'en apprendre plus sur le cadre qu'est notre visage. De préférence sans maquillage, les cheveux repoussés en arrière et la tête dégagée du cou. Sans ombre ni mauvaise lumière qui pourraient fausser l'interprétation.

 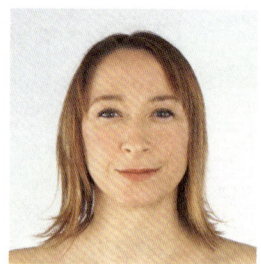 

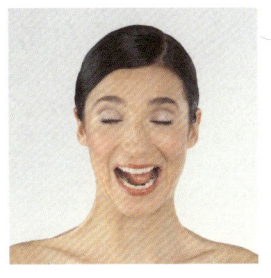

Comme je vous l'ai déjà dit, votre visage ne s'inscrit pas parfaitement dans une de ces formes standardisées, puisque tous les visages résultent de la **combinaison de plusieurs formes.**

Vous pouvez avoir, par exemple, le bas du visage carré, alors que le front est très haut (s'apparentant plus à un visage long). Ou vous avez une forme ronde au niveau du menton, alors que le reste du visage est long.

Ce qu'il faut avant tout considérer (dans le but d'apporter des corrections à la forme de notre visage par le visagisme), c'est en fait la forme du visage **à la hauteur des maxillaires.** En effet, là se trouve la **clé** pour comprendre et adapter la coiffure qui nous ira le mieux, le moment venu.

Cependant, le front aussi a son importance (surtout pour un visage long). Un front haut pourra être amélioré par une frange légère, par exemple.

Certains points précis vous donneront donc quelques indices sur *votre forme de base*, sachant que vous vous apparentez pour l'essentiel à l'une de ces quatre formes.

Test 3

QUELLE EST LA FORME DE VOTRE VISAGE ?

Prenez une photo de vous en plan rapproché ou regardez-vous dans une glace. Partagez votre visage en trois parties : de la racine des cheveux à la ligne des sourcils ; de la ligne des sourcils jusque sous le nez ; et du dessous du nez jusque sous le menton. Créez de la même manière une ligne verticale nez-bouche-menton et une autre tempe-maxillaire. Reportez-vous au schéma de la page 88.

1. **La longueur du visage**
   a) S'inscrit dans un ovale parfait
   b) Une ou deux des trois parties sont plus grandes
   c) Une des trois parties est plus petite
   d) Les trois parties sont à peu près égales

2. **Sa largeur**
   a) Proportionnelle à la longueur
   b) Nettement plus étroite que sa longueur
   c) Correspond aux deux tiers de la longueur
   d) La mâchoire a la même largeur que les pommettes

3. **Les pommettes**
   a) Les os suivent une ligne douce des tempes à la mâchoire
   b) Semblent plus étroites que les tempes
   c) Sont plus larges que le maxillaire
   d) Ont la même largeur que les tempes

4. **Vos joues**
   a) Sont plutôt arrondies
   b) Sont plates
   c) Sont rebondies
   d) Sont plutôt larges

5. **Votre menton**
   a) Présente une courbe douce peu définie
   b) Est assez pointu
   c) Est arrondi
   d) Est carré

Vous avez le visage **OVALE** si vous récoltez un maximum de **A**
Vous avez le visage **LONG** si vous récoltez un maximum de **B**
Vous avez le visage **CARRÉ** si vous récoltez un maximum de **D**
Vous avez le visage **ROND** si vous récoltez un maximum de **C**

Les parties du visage

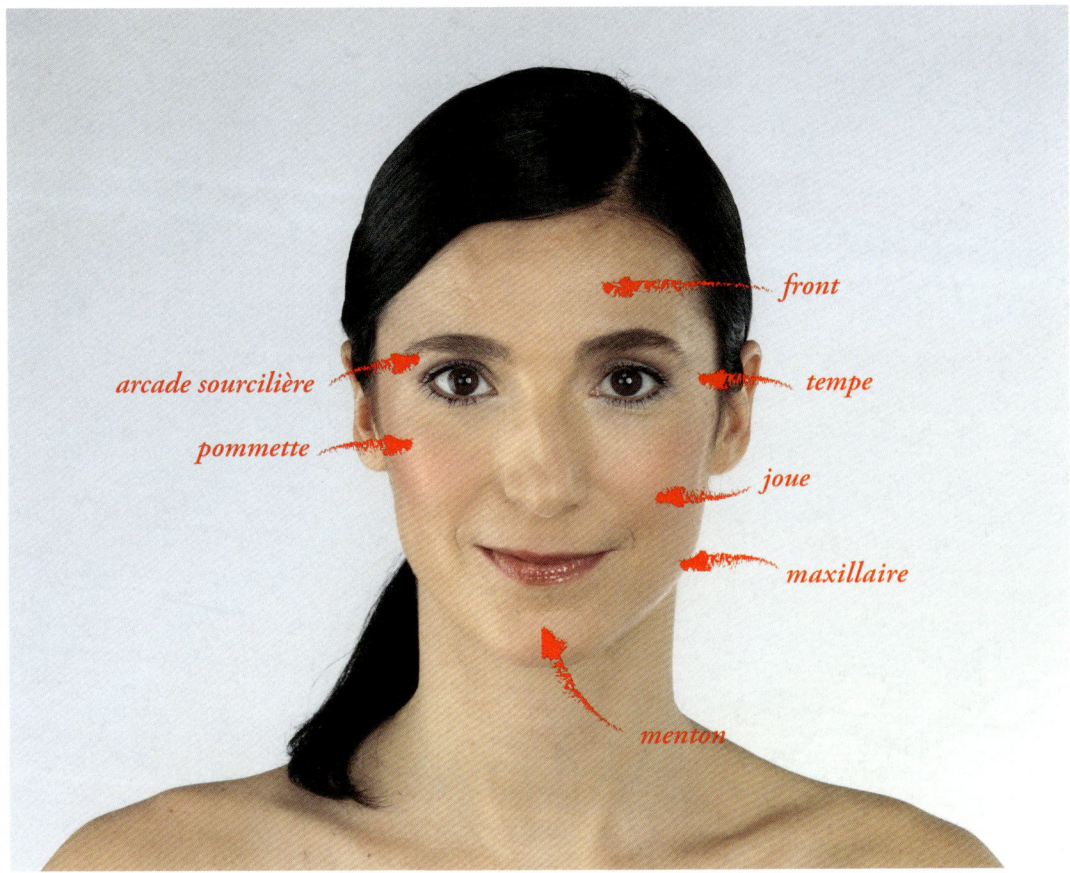

Comme on l'a vu, la forme de notre visage est déterminée par l'ossature, et celle-ci est le plus souvent héritée de nos parents.

Si vous avez fait le test, vous avez une idée plus précise de la forme de votre visage. Pour vous aider davantage à reconnaître *votre* forme, rappelez-vous les réflexions de votre entourage quand vous étiez plus jeune. « Tu as les maxillaires de ton père ! » « Avec ces bonnes joues, tu respires la santé ! » Toutes ces réflexions signifiant que vous avez le visage plutôt carré ou plutôt rond !

Donc, vous connaissez maintenant la forme de base de votre visage. Les explications qui suivent vont préciser ces notions.

Le visage ovale

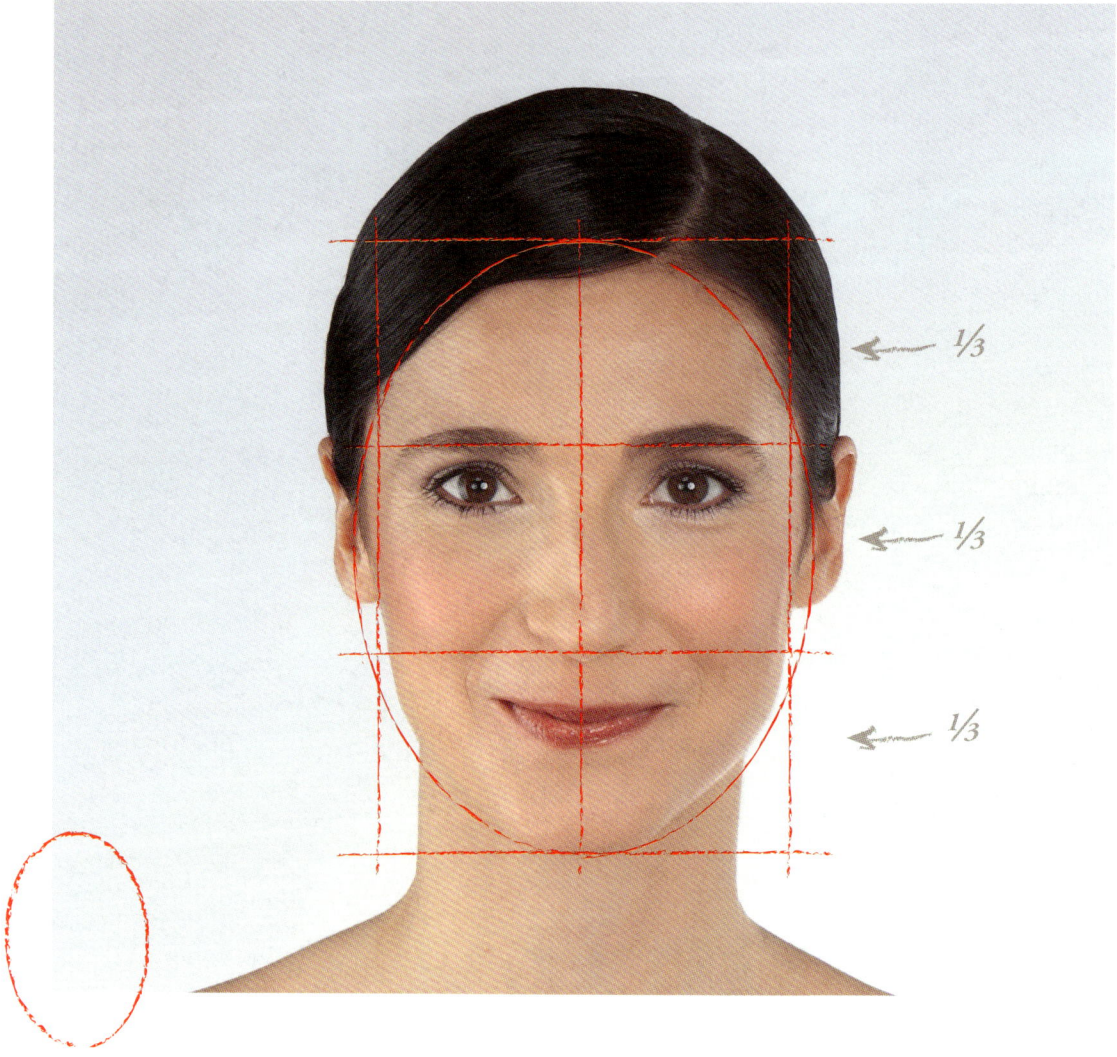

Nous allons d'abord nous baser sur le *visage ovale*, tout en douceur et bien équilibré, pour savoir à quelle forme nous pouvons nous comparer. C'est le visage « étalon » qui nous servira à déterminer les autres formes.

Ses critères d'équilibre reposent sur le fait qu'il est divisé en *trois parties égales* :

- De la ligne des cheveux à la ligne des sourcils (premier tiers).

- Des sourcils à la base du nez (deuxième tiers).

- Du nez à la base du menton (troisième tiers).

Le visage rond

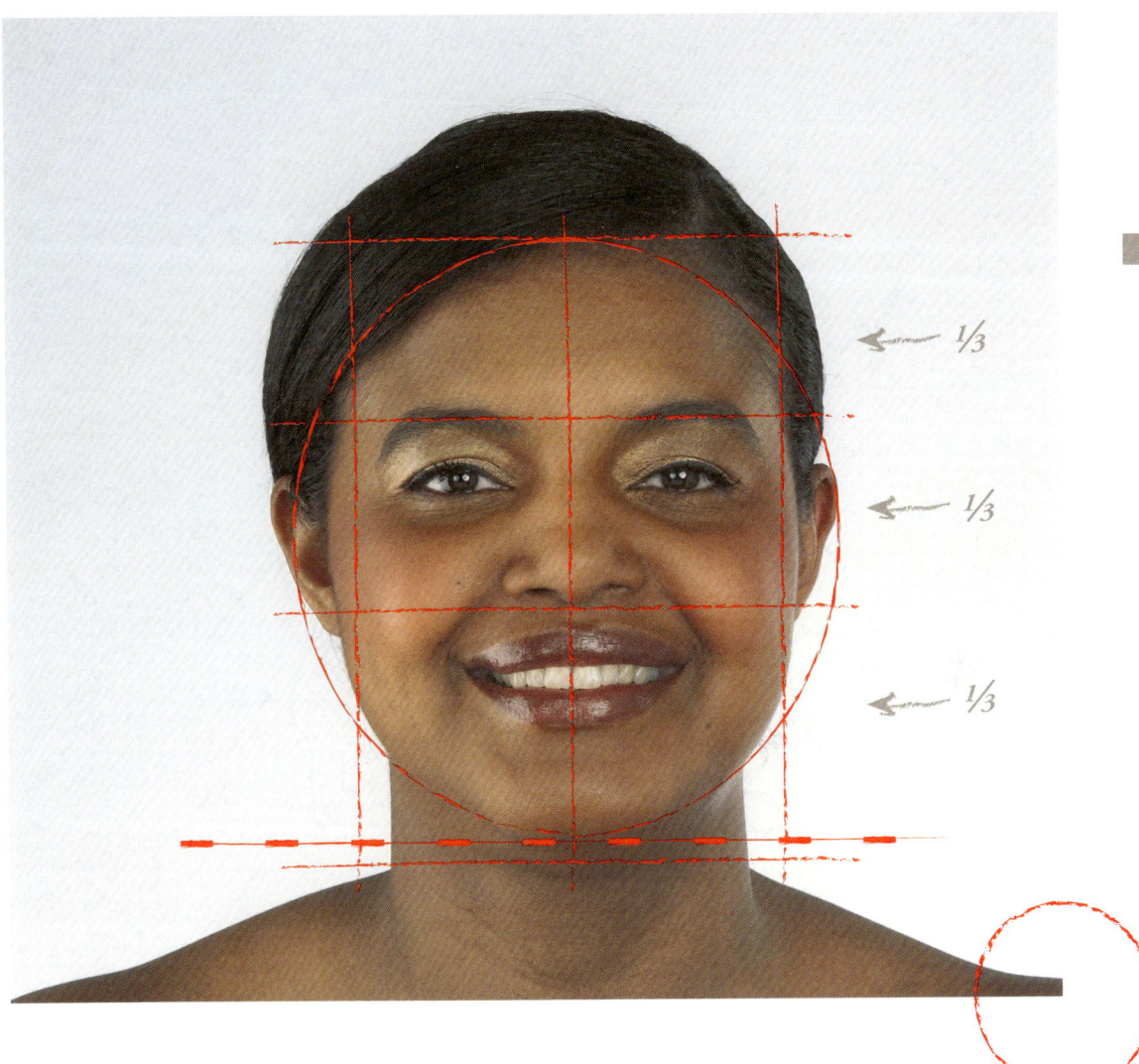

Le plus souvent, le front et les mâchoires sont plus étroits que les pommettes. À partir de ce précepte, on peut considérer que le visage est **rond** si l'un des tiers est plus court (c'est plus souvent le cas du tiers inférieur).

Les pommettes sont plus larges que les arcades sourcilières et que les maxillaires. Et la largeur du visage correspond à plus des deux tiers de sa longueur. De plus, il est caractérisé par des volumes courbes.

Le visage long

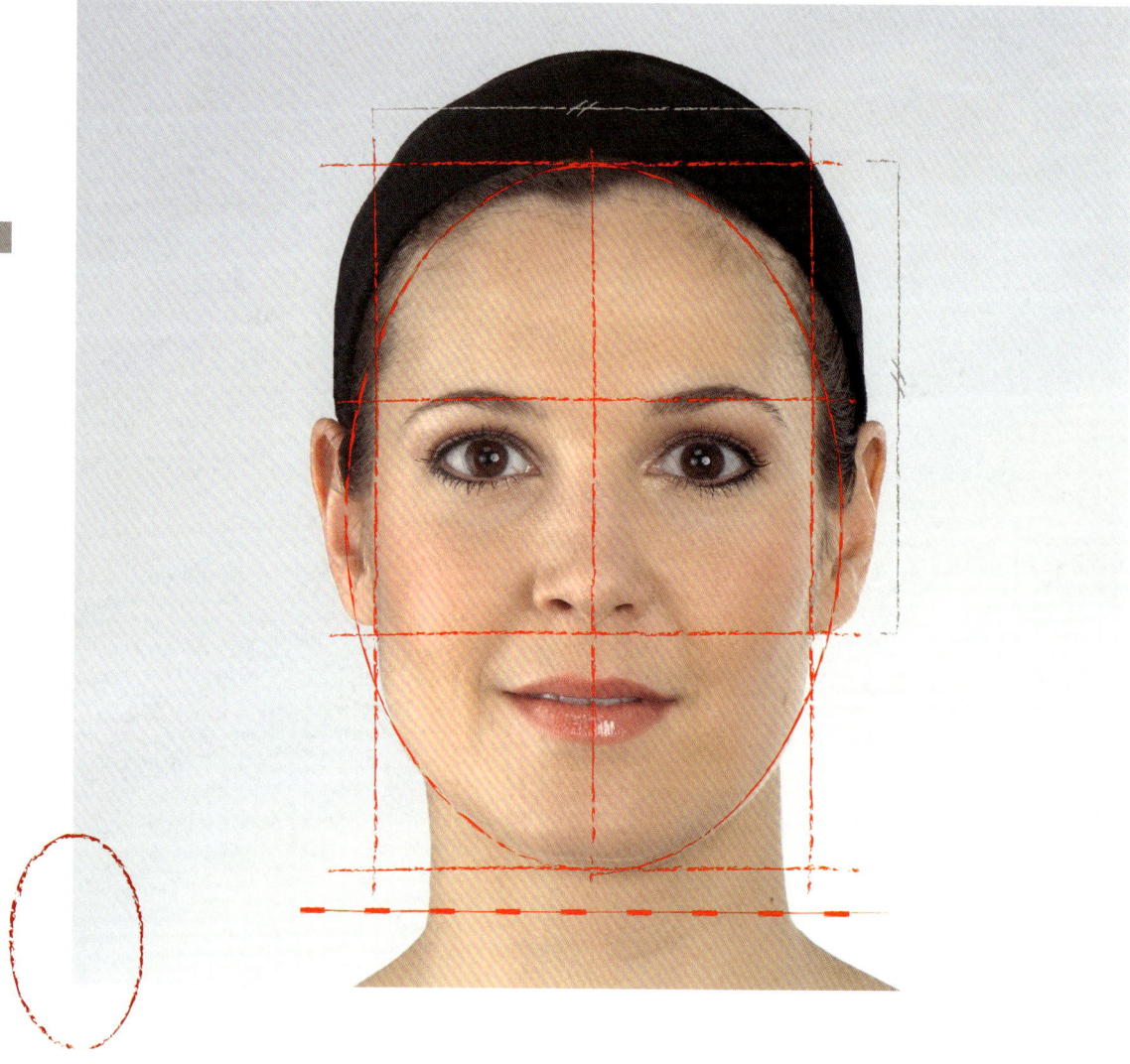

Le visage est *long* si l'un des tiers est plus long. Ainsi, le visage apparaît plus long que large.

De plus, l'arcade sourcilière et l'os de la pommette se trouvent sur la même ligne verticale et sont situés à la même distance l'un de l'autre, alors que le maxillaire ou les tempes paraissent en retrait.

La longueur du visage peut correspondre à deux fois sa largeur.

Le visage carré

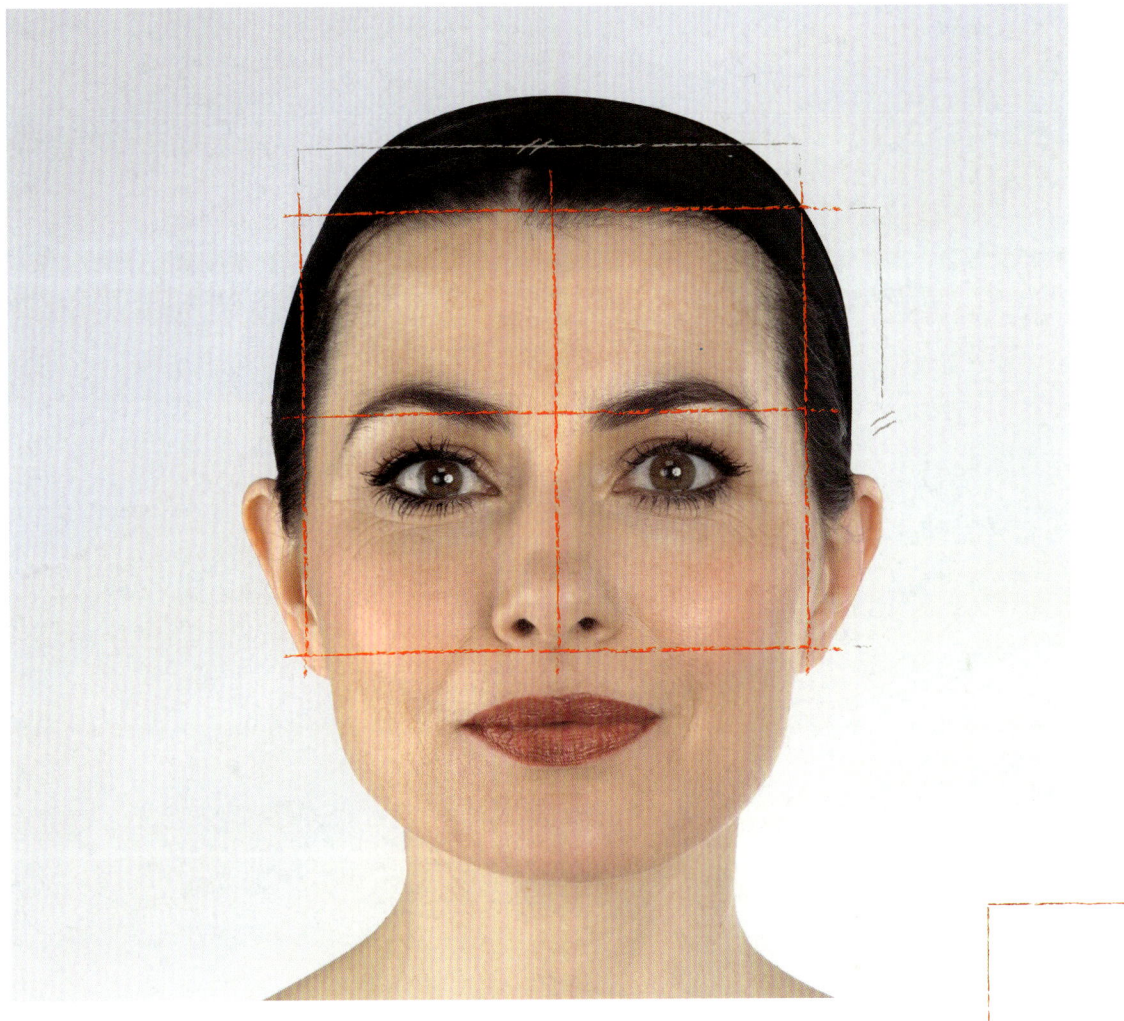

Le visage est **carré** si l'arcade sourcilière, les pommettes et l'os du maxillaire sont à peu près de la même largeur.

Dans ce cas, la largeur du visage correspond à plus des deux tiers de sa longueur, reproduisant la figure géométrique d'un carré.

Le menton et le front sont aussi larges l'un que l'autre.

Variations

VISAGE EN DIAMANT
(HEXAGONAL)

VISAGE EN TRIANGLE
(POIRE)

Toutes ces explications vous aident à connaître votre *forme de base*.

Mais vous pouvez avoir un visage plutôt rectangulaire ou en diamant. Le cas échéant, le type de départ sera le visage carré.

De la même manière, vous pouvez avoir un visage en poire, issu du mélange entre les critères de base du visage rond et du visage long (ou même ovale).

Et ainsi de suite…

Comme je vous l'ai déjà dit, ce sont là les bases essentielles à la compréhension et à la perception de notre type physique, en l'occurrence de notre visage. **Le but étant de nous connaître.** De savoir gérer le mieux possible la forme de notre visage pour, par exemple, déterminer une coupe adaptée à notre morphologie faciale, ou pour choisir des lunettes qui s'harmonisent bien à notre ossature.

UN ÊTRE UNIQUE

Donc, la structure de base des os de la face détermine la forme du visage. À ce stade, envisageons aussi ses défauts.

Donc, les défauts d'un visage peuvent aussi être ses atouts.

Par exemple, j'ai une amie qui a un nez, héritage paternel, un nez d'homme au féminin, mais assez noble et fin. Un jour, lors d'un voyage aux États-Unis, alors qu'elle faisait la queue à la caisse d'un magasin, une

Sachons que ce que nous pourrions prendre pour des imperfections –
un nez un peu fort, des joues rebondies, un menton un peu fuyant –
peut être transformé en « avantages », car ce sont nos particularités
qui donnent à nos traits leur beauté distinctive.

femme s'approcha d'elle et la complimenta sur son appendice nasal. Mon amie pensa qu'on se moquait d'elle et en resta perplexe. Pourtant, il en était tout autrement ! La réflexion de la jeune femme était en fait un éloge, car le nez singulier de mon amie, ni petit ni court, lui confère du caractère, une classe certaine, et met en valeur ses yeux superbes et son teint éclatant.

Voilà l'atout de mon amie et il fallait une Américaine au regard critique pour le remarquer. En fait, je l'ai compris plus tard, mon amie avait su « attirer » le regard, et le compliment de la jeune femme allait à toute sa personne. J'ai dû utiliser toute ma persuasion pour le lui faire comprendre.

Attirer le regard. Je dirais que c'est cela qui compte ! Car on peut être jolie et passer inaperçue. À moins que ce soit notre souhait, avouez que c'est bien dommage !

Il est aussi important de savoir qu'un visage n'est jamais totalement symétrique. Regardez-vous. Vos narines, par exemple : il est rare que les deux soient parfaitement semblables. Il en va de même avec beaucoup d'autres parties de votre anatomie.

Les dissymétries classiques ne sont pas pour autant des anomalies, mais elles témoignent plutôt de la dynamique et de la vitalité de la personne.

Cela dit, si nous nous reportons au premier chapitre de ce livre, nous voyons que notre visage aussi est souvent déterminé par la morphologie de notre corps. Ainsi, tel que mentionné, un ectomorphe aura le visage long, le mésomorphe, un visage carré ou rectangulaire, et l'endomorphe, un visage arrondi.

Comme vous le constatez, en anatomie, tout est plus ou moins lié. Nous devons composer avec ce que la nature et la génétique nous ont donné.

Il faut simplement apprendre à équilibrer ou à contrebalancer cette particularité qui fait de nous un **être unique.**

Il faut surtout apprendre à nous aimer. À travailler avec nos défauts, à les considérer comme partie intégrante de notre personnalité et de notre beauté.

C'est ce défi des plus intéressants que je vous propose pour la suite de ce livre.

Chapitre 7

Visage et coiffure

Nous allons maintenant aborder l'aspect de notre visage et les corrections que nous pouvons y apporter, par le choix de notre *coiffure* et de nos *lunettes*.

LA COIFFURE

Puisque nous venons d'en apprendre davantage sur la morphologie du visage, nous avons une idée plus précise de ce qui nous conviendra le mieux en matière de coupe de cheveux. Et nous confierons notre chevelure au coiffeur en toute connaissance de cause…

Quel bonheur d'avoir un bon coiffeur qui vous comprend, qui soigne à l'occasion vos bleus à l'âme, qui jure que vous êtes la plus belle, celle qui a les cheveux les plus soyeux, ou les plus épais, ou d'une blondeur incomparable. Le grand frère, le séducteur sans conséquence, l'homme de l'« art », en somme… Quel bonheur ! Cette denrée rare, nous la refilons aux copines, sous le sceau du secret, bien sûr ! Mais, voilà… est-ce celui-là, le bon, le meilleur ?

Regardez-vous une fois de plus dans la glace : visage large, carré, ou long et étroit ; front haut ou bas ? Menton ? Important aussi, le menton !

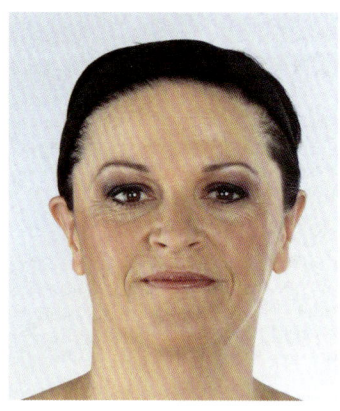

Déclinaison du visage carré : le visage *en diamant* ou *en trapèze*.

La déclinaison du visage long : le visage *en triangle* ou *en poire*.

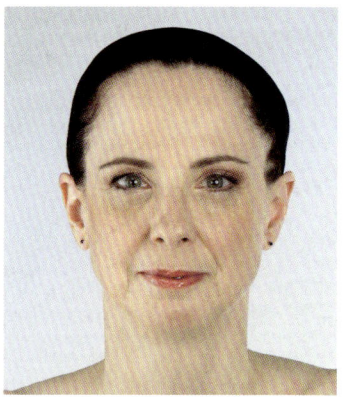

Déclinaison du visage rond : le visage *en cœur*.

Quel est votre morphotype ? Votre coiffeur chéri s'est-il même posé la question ? Peut-être me direz-vous qu'il l'a vu au premier coup d'œil quand vous êtes entrée dans son salon, qu'il a tout de suite su que la coupe Z vous irait à ravir. Seulement, voilà : vous, la coupe Z, ce n'est pas votre tasse de thé ! Elle est parfaite pour une telle, mais moins adaptée à vous – la quarantaine, mariée, trois enfants… Et, surtout, cette coupe est inadaptée à votre visage ! À vos bonnes joues, à votre nuque trop courte, etc.

Il est donc évident que la coupe de cheveux adéquate dépend, avant tout, de la forme du visage.

Pour affiner notre connaissance des coiffures, nous allons ajouter des déclinaisons aux quatre formes de base.

Pour mieux comprendre quelle coiffure vous ira le mieux, mettez-vous une fois encore devant la glace et posez-vous quelques autres questions quant à la structure de votre visage. Le front est-il plus large que la ligne de la mâchoire ? Y a-t-il davantage d'espace entre les yeux qu'entre le coin externe des yeux et les tempes ? Les pommettes sont-elles plates ou rebondies ?

Regardez-vous aussi de profil. Le menton est-il en retrait ou proéminent ? Le derrière du crâne est-il plat ?

Le coiffeur devra tenir compte de ces particularités et prendre conscience de certains angles de votre visage, en cherchant à rééquilibrer les volumes.

Il faut savoir aussi que les **lignes de projection** de votre visage peuvent être trop *verticales* ou trop *horizontales*. Et, comme toujours, il s'agira de rechercher *l'équilibre* qui conduira à l'harmonie des traits.

Donc, connaître la forme générale de notre visage nous aidera à éviter les mauvais choix en matière de style de coiffure.

Je vous propose un autre test (très amusant), pour savoir quels rapports vous avez avec vos cheveux, et pour déterminer la place du coiffeur dans votre vie.

Test 4

VOTRE COIFFEUR ET VOUS

1. Combien de temps consacrez-vous à votre coiffure chaque jour?
   a) Plus de 10 minutes.
   b) Moins de 10 minutes.
   c) Une minute.
   d) Vous oubliez souvent de vous coiffer.

2. Vous allez chez le coiffeur
   a) Régulièrement.
   b) Quand nécessité s'impose.
   c) Pour les grandes occasions.
   d) Pour faire plaisir à votre époux (ou à votre mère).

3. Vous allez chez le coiffeur
   a) En vous en remettant totalement à lui.
   b) En sachant exactement ce que vous voulez.
   c) En sachant qu'à chaque fois c'est une épreuve.
   d) Contrainte et forcée.

4. Comment vous coiffez-vous?
   a) Vous êtes une adepte du brushing bien lisse.
   b) Avec une brosse ronde.
   c) Avec les doigts.
   d) Vous laissez sécher à l'air libre.

5. En général
   a) Vous êtes une fanatique des coiffeurs.
   b) Vous portez vos cheveux au naturel et allez chez le coiffeur de temps à autre.
   c) Vous réservez le coiffeur pour les occasions exceptionnelles.
   d) Vous n'aimez pas qu'on touche votre scalp.

Si vous obtenez un maximum de **A**, vous êtes «accro» aux coiffeurs. Vous pensez qu'il n'y a que lui qui puisse faire quelque chose de votre tignasse! Car il a des doigts d'or. De plus, vous adorez l'ambiance de son salon et vous vous tenez au courant de tous les potins du quartier. Ainsi, vous vous sentez «dans la course».

Si vous obtenez un maximum de **B**, vous n'êtes pas contre le coiffeur. Seulement, vous vous préférez au naturel! Vos cheveux sont souvent longs ou mi-longs, et la coupe est censée évoluer sans problème pendant au moins six mois. De toute manière, vous avez horreur des brushings et vous vous passez la tête sous l'eau en rentrant de chez le coiffeur.

Si vous obtenez un maximum de **C**, vous ne voyez le coiffeur que pour les grandes occasions, comme le mariage de votre sœur ou les fiançailles de votre meilleure amie. Vous réservez cette séance pour «marquer le coup». De toute manière, vous changez toujours de salon.

Si vous obtenez un maximum de **D**, vous n'allez au salon de coiffure que pour faire rafraîchir votre coupe, sinon vous auriez les cheveux de Cendrillon.

cheveux

Mais, quel que soit le résultat de ce test, nous constatons que le coiffeur a, dans notre vie de femme, une place à part, je dirais même *à part entière* ! J'en veux pour preuve toutes ces réflexions entendues çà et là : « Elle raterait plutôt son rendez-vous chez le dentiste que son rendez-vous chez son coiffeur ! » C'est dire l'importance de ces personnes dans la vie de certaines femmes coquettes.

En effet, depuis notre plus tendre enfance (rappelez-vous votre première mèche de cheveux que votre mère a gardée précieusement dans une enveloppe jaunie), nos cheveux ont une valeur capitale pour nous. Il en va de même depuis l'aube de l'humanité. Car la chevelure possède une forte symbolique : Samson n'avait-il pas sa force dans sa chevelure ? Le scalp de l'ennemi n'était-il pas un trophée ? C'est donc un élément de séduction primordial. **Parce que c'est notre parure naturelle.**

À l'instar de notre teint et de la couleur de nos yeux, nos cheveux nous singularisent. Ils nous différencient des autres. **Ils font partie de notre personnalité.**

Donc, la coupe de cheveux « idéale » doit révéler notre personnalité, mettre en valeur nos atouts et gommer nos petits défauts.

Votre coiffeur vous dira aussi que *la coupe idéale respecte la nature de vos cheveux*. Car nous n'avons pas toutes les mêmes cheveux. Ils peuvent être raides, fins, épais, bouclés, frisés, crépus, etc. Nous avons hérité de ces caractéristiques.

En fait, nous avons les *cheveux raides* si le follicule pileux a une forme ronde. Dans ce cas, les cheveux sortent perpendiculairement au cuir chevelu et poussent droit. Et nous avons les *cheveux frisés* si le follicule est allongé. Dans ce cas, les cheveux sortent obliquement du cuir chevelu et se retournent donc sur eux-mêmes en poussant.

C'est donc, une fois encore, une question d'hérédité.

Adoucir un visage carré

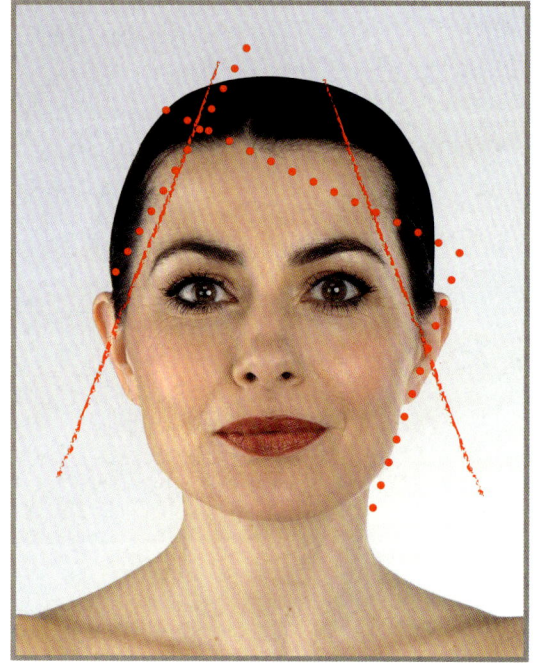

SIMULATION

QUELQUES POINTS TECHNIQUES

Caractéristiques : front et mâchoires larges.

Principal défaut : angulaire dans les coins.

Correction : redonner de la verticalité et gommer l'horizontalité.

Coiffure : souple avec des courbes douces, voire des boucles.

COUPE IDÉALE
Plutôt mi-longue ou longue avec raie au milieu.

POINTS CLÉS
Coupe structurée avec nuque longue effilée ou mèche sur le côté pour casser les angles.

À ÉVITER
Coupes avec volume sur les côtés et coupes trop courtes qui s'arrêtent au menton.

ASTUCES
Des cheveux longs adouciront l'angle des mâchoires.

Légende : corrections à apporter ·······
Ligne de coupe idéale

Allonger un visage rond

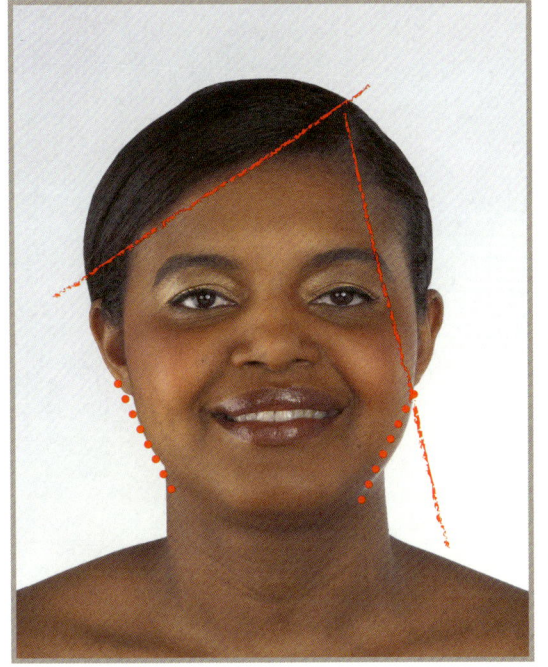
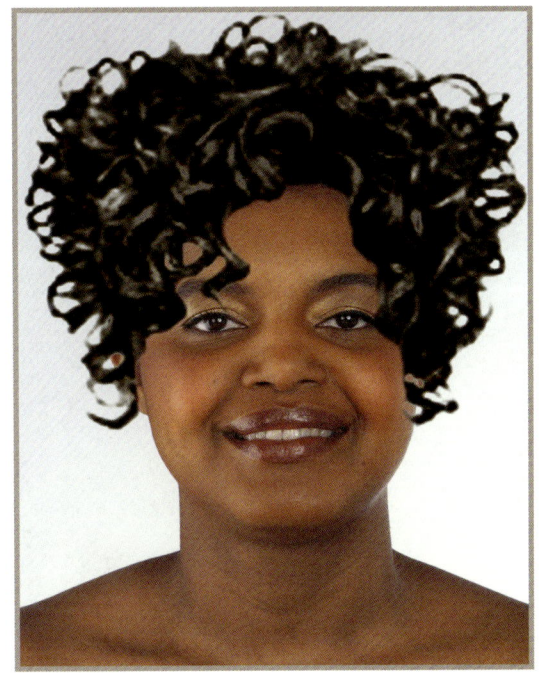

SIMULATION

QUELQUES POINTS TECHNIQUES

Caractéristiques : visage presque aussi large que haut.

Principal défaut : joues trop pleines ; visage enfantin.

Correction : redonner de la verticalité ; gommer les bonnes joues en plaquant la coupe au niveau des maxillaires.

Coiffure : volume sur le haut ; effet de nuque longue intéressant.

COUPE IDÉALE
Cheveux courts et bouclés.

POINTS CLÉS
On créera du volume sur le dessus et on recherchera l'effet allongeant. Effet ébouriffé serait amusant.

À ÉVITER
Carré droit à la hauteur du menton et la plupart des coupes courtes. Toutes les coupes plates et lisses.

ASTUCES
Portez les cheveux avec des mèches dégradées au niveau des joues pour couvrir leur largeur.

Légende : corrections à apporter ••••••
Ligne de coupe idéale ———

Raccourcir un visage long

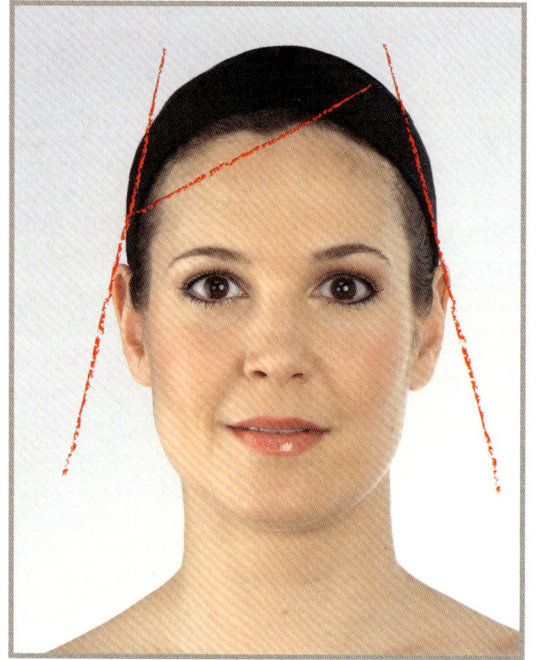 

SIMULATION

QUELQUES POINTS TECHNIQUES

Caractéristiques : la longueur du visage peut faire une fois et demie sa largeur, ce qui engendre un déséquilibre.

Principal défaut : peut faite triste et tombant.

Correction : donner de l'horizontalité. Réduire la hauteur.

Coiffure : frange et volume vers les maxillaires et les côtés.

COUPE IDÉALE
Courte ou mi-longue avec frange droite ou balayée sur le côté.

POINTS CLÉS
Coupe arrondie, sans volume sur le haut, mais sur les côtés à la hauteur du menton. Peu effilée sur les pointes. Ou coiffure courte et frisée.

À ÉVITER
Cheveux longs ou aux épaules et les volumes sur le haut du crâne. Carrés longs coupés droits.

ASTUCES
La frange ou les cheveux balayés sur le côté sont de bonnes solutions, avec le volume à la hauteur des maxillaires.

Légende : corrections à apporter ·······
Ligne de coupe idéale

Recentrer un visage en cœur

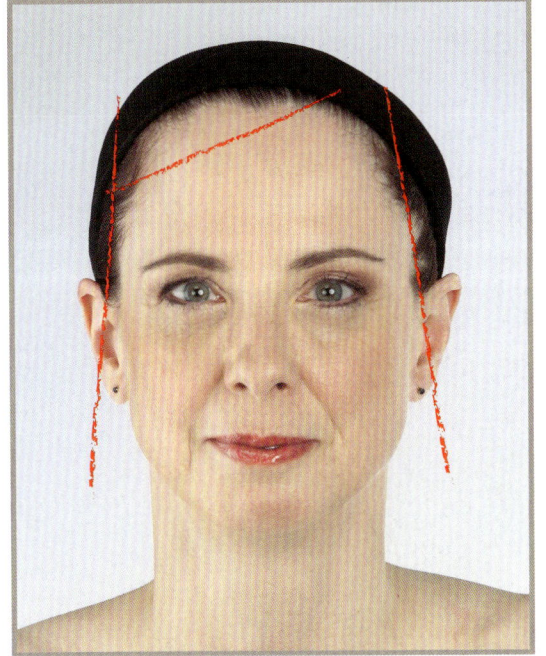
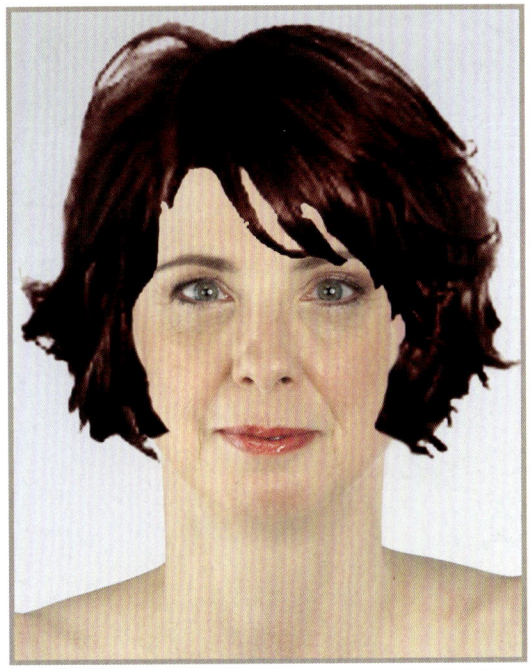

SIMULATION

QUELQUES POINTS TECHNIQUES

Caractéristiques : le front est singulièrement plus large que le menton. Celui-ci est souvent fin, voire pointu.

Principal défaut : malgré son joli nom, le visage en cœur présente un vrai déséquilibre au niveau du menton.

Correction : redonner du volume aux côtés au niveau des maxillaires et gommer la largeur du front. Redonner de la verticalité et réduire le menton. Détourner l'attention du bas du visage.

Coiffure : frange effilée mise sur un côté, ce qui réduira la largeur du front.

COUPE IDÉALE
Dégradée et souple. Volume aux maxillaires.

POINTS CLÉS
Penser à la frange effilée balayée sur le côté.
Redonner le volume à la hauteur du menton.

À ÉVITER
Coupes trop effilées sous les oreilles. Longueur et volume aux épaules.

ASTUCES
Faites en sorte que l'espace au niveau du menton soit comblé par de l'épaisseur.

Légende : corrections à apporter ••••••
Ligne de coupe idéale

Féminiser un visage hexagonal

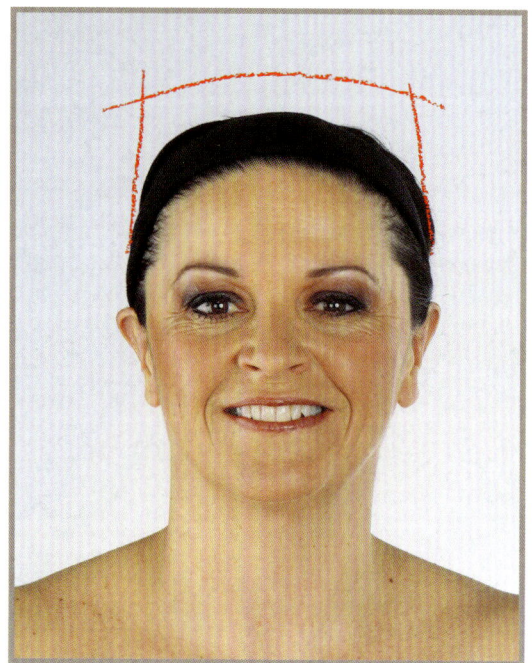

SIMULATION

QUELQUES POINTS TECHNIQUES

Caractéristiques : visage large aux angles trop définis aux tempes et aux maxillaires.

Principal défaut : la dureté.

Correction : adoucir, avant tout. Réduire la dureté des traits et ses horizontalités.

Coiffure : toutes les coupes souples seront les bienvenues, avec mèches dégradées sur front ; ou coupe plus structurée avec du volume dans la partie supérieure.

COUPE IDÉALE
Front dégagé et un peu de hauteur sur le sommet.

POINTS CLÉS
Coupe structurée avec volume dans la partie supérieure.

À ÉVITER
Coupes raides et géométriques.
Coupes trop courtes et trop masculines.

ASTUCES
Pensez aux coupes souples, avec volume sur le haut et les côtés, pour compenser la largeur des maxillaires.

Légende : corrections à apporter ·······
Ligne de coupe idéale

Préserver l'équilibre du visage ovale

SIMULATION

QUELQUES POINTS TECHNIQUES

Caractéristiques : Visage idéal, car équilibré.

Correction : Ce visage peut tout porter grâce à ses lignes équilibrées et parce que le milieu du visage est le point central.

Coiffure : toutes les coiffures peuvent être osées avec ce type de visage

COUPE IDÉALE
Dégradée mi-longue.

POINTS CLÉS
Les coupes courtes doivent être effilées sur la nuque.

À ÉVITER
Coupes masculines, bien que la majorité des coupes vous aillent bien.

ASTUCES
Jouez avec tous les traits de votre visage et mettez en valeur ce que vous préférez. Le visage ovale est le plus facile à coiffer, car en général toutes les coiffures lui iront. Attention cependant de respecter votre personnalité.

Légende : corrections à apporter ······
Ligne de coupe idéale

CORRIGER LES IMPERFECTIONS

Évoquons quelques points qui peuvent nous aider à corriger les petits problèmes rencontrés dans la sélection de nos coiffures.

La frange

Vous pouvez être « accro » à votre frange, surtout si vous voulez dissimuler de petites anomalies (verrue, cicatrice) ou si vous souhaitez dissimuler votre regard et vous sentir ainsi protégée par vos cheveux, ou pour rééquilibrer la longueur de votre visage.

Dans tous les cas, vous devrez tenir compte de quelques critères. Par exemple, la longueur de la frange doit dépendre de la longueur et de la largeur du front et de l'ensemble des traits du visage. Il s'agit de **corriger un défaut** du visage, non d'**attirer l'attention** sur lui – comme un nez un peu fort ou des yeux petits ou très écartés. La frange, dans ces cas-là, pourrait jouer le rôle de *révélateur*, ce qui serait dommage.

Dans l'absolu, la frange ne va vraiment bien qu'aux visages longs et étroits, car elle apporte l'horizontalité souhaitée.

Si vous aimez la frange, pensez aussi à l'effiler et à la balayer sur le côté. Ce type de frange convient à plusieurs formes de visages et elle est plus polyvalente qu'une frange droite et courte.

coupe

Le nez

Un nez un peu fort nous oblige à composer avec notre profil. On doit alors éviter les coupes trop sévères qui ne feraient qu'accentuer son côté masculin. On préférera des *coupes souples*, ondulantes si possible, avec un peu de longueur sur la nuque, c'est-à-dire assez féminine. Là encore, il s'agit de contrebalancer la nature pour adoucir les lignes en cherchant la correction avant tout.

Le menton

Un menton assez proéminent ajoute un angle à votre profil. La parade sera de rendre les lignes « suaves » et douces. Pensez à une coupe plus longue qui s'arrête aux épaules. Et gardez vos cheveux souples, avec des pointes en dégradé qui allégeront la masse de la chevelure.

Un menton fuyant ne doit pas être mis en évidence. Vu de face, le visage devra être dégagé, mais, de profil, il faudra camoufler le défaut par des cheveux. La nuque ne doit être ni courte (elle mettrait le défaut en évidence) ni longue (elle ajouterait de la longueur à l'ensemble cou-menton fuyant). Évitez aussi un carré qui s'arrêterait juste aux maxillaires, à moins qu'il ne soit « froissé ».

Vous allez devoir vous baser sur d'autres caractéristiques de votre visage pour remédier à ce souci et pour rechercher, avec l'aide du coiffeur, toutes les coupes qui projetteraient le menton vers l'avant, en respectant la forme de votre visage.

Une face plate ou le derrière du crâne plat

Dans ce cas, la coupe, vue de dos, ne doit pas aplatir davantage le crâne. Privilégiez le volume, pensez au dégradé et gardez la masse au maximum. D'ailleurs, exigez toujours de voir le dos et la nuque avant de quitter le salon de coiffure.

Un front haut

C'est la cause la plus fréquente du *visage long*. Le front haut s'accommodera fort bien de la frange qui le masquera et réduira sa hauteur.

Un front bas

C'est la cause la plus fréquente du *visage rond*. Il faut le dégager au maximum et rajouter du volume sur le haut et les côtés.

Chapitre 8

Visage et lunettes

Un jour ou l'autre, par coquetterie ou par nécessité, nous devrons sans doute nous procurer des lunettes. Ce choix peut sembler simple, mais il obéit à des règles d'équilibre des traits du visage.

Choisir des montures de lunettes vous met face à deux possibilités :

- Ou bien vous suivez la forme de votre visage et adaptez les montures à sa morphologie ;
- Ou bien vous rompez avec ces critères d'harmonie, dans le but d'accentuer telle « ligne de force » qui donne à votre visage son caractère.

Je m'explique. Pour ma part, le jour où j'ai dû porter des lunettes (vers quarante ans), j'ai choisi, pour mon visage plutôt carré, une monture classique, douce, pas trop « remarquable ». Par contre, pour les lunettes de soleil, j'ai opté pour une monture d'écaille, plus lourde, qui me protège du regard des autres, mais qui souligne aussi le côté plus show off de ma personnalité. Les lunettes deviennent à ce moment-là de véritables accessoires de mode.

L'IMPORTANCE DE LA MONTURE

- Premier précepte : les montures doivent suivre l'implantation des sourcils.

- Deuxième précepte : elles ne doivent pas être en contact avec les joues, même quand vous souriez (à moins d'avoir des joues très rebondies).

- Troisième précepte : elles doivent emboîter le nez sans le marquer. Et leurs branches doivent être bien adaptées aux oreilles.

- Dernier précepte, et non le moindre : les montures doivent « agrémenter » votre visage.

L'important, c'est le galbe supérieur des montures, car c'est lui qui modifie directement la morphologie du visage. L'épaisseur aussi est à prendre en considération : une monture large et épaisse durcira le visage, alors qu'une monture fine l'adoucira.

SUIVRE LA MORPHOLOGIE DU VISAGE

Comme pour la coupe idéale de nos cheveux, nous allons tenir compte de la forme de notre visage.

Dans la majorité des cas, vous choisirez des montures aux formes opposées à celles de votre visage.

Visage ovale : vous pouvez vous autoriser toutes les fantaisies.

Visage rond : si vous êtes jeune, vous pouvez accentuer votre côté juvénile par des formes rondes (genre Harry Potter) ; mais, si vous désirez cacher ces rondeurs, allez vers des formes plus carrées ou ovales.

Visage carré : choisissez de préférence des lunettes ovales ou en losange. Évitez de durcir les traits avec des montures carrées ou rectangulaires.

Visage long : vous atténuerez la tendance longitudinale avec des lunettes en papillon, par exemple, ou rectangulaires. Votre choix peut aussi se porter sur une monture qui dépassera la largeur des pommettes.

Voici d'autres préceptes faciles à comprendre et à mettre en pratique :

- Les montures carrées ou rectangulaires attirent l'attention sur le visage, le rendant plus large et moins haut. Elles sont idéales pour le **visage long**.

- Les montures papillon ou en triangle ouvrent le regard et remontent l'angle des yeux et des sourcils. Elles sont idéales pour le **visage rond**.

- Les montures hexagonales ou en largeur équilibrent le visage et l'adoucissent. Elles sont idéales pour le **visage carré**.

Une monture galbée de forme ascendante allongera le visage, alors qu'une forme plus carrée (dans le sens de la largeur) barrera le visage et rétrécira sa longueur et sa hauteur.

LA TEINTE DES MONTURES

Pour choisir la couleur de vos montures, vous devez tenir compte de la couleur de vos yeux et de votre teint. (Reportez-vous au chapitre sur la couleur, dans la troisième partie.)

Pour résumer :

- Les personnes aux yeux clairs (bleus, verts) pourront choisir des teintes claires (plutôt froides).

- Les personnes aux yeux foncés (marron, noirs) auront plus de nuances à exploiter (plutôt chaudes).

La plupart du temps, *le choix de la couleur de vos lunettes obéira aux mêmes critères que le choix de la couleur de vos vêtements.*

Cependant, il faut absolument se rappeler que **la couleur des montures peut modifier la forme du visage.** Puisque *les couleurs*

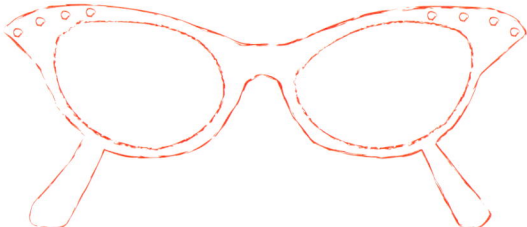

chaudes rapprochent* et que *les couleurs froides éloignent*, nous allons apporter une correction visuelle à notre morphologie. Ainsi, les visages allongés, creusés, fatigués, devront aller vers des *couleurs chaudes*, alors que les visages ronds ou larges seront mieux mis en valeur par des *couleurs froides*.

Selon votre carnation, vous opterez donc pour des couleurs plus ou moins intenses. Mais, sachez que **moins vous créez de contrastes, moins vous soulignez vos traits**. Ainsi, vous préférerez des teintes claires, si vous avez la peau pâle, car trop de contraste nuirait à l'harmonie de l'ensemble.

Attention, donc, à ne pas durcir le regard en choisissant la couleur de vos montures.

Une monture d'écaille blonde est un choix indémodable, un peu comme la fameuse « petite robe noire » de notre garde-robe!

De la même manière, choisir des montures dans le ton de votre carnation ou assortie à la teinte de vos cheveux est un bon moyen de ne pas vous égarer.

Comme vous le constatez, il s'agit de ne pas vous tromper lors de la sélection de vos lunettes.

Nous portons des lunettes pour mieux voir, mais aussi, dans certains cas, pour être vues!

En jouant avec les lignes qui donnent du caractère à notre visage, nous pouvons **nuancer notre personnalité**.

Ainsi, une *personnalité effacée* aimera une monture plus large et plus foncée qui la mettra « en évidence ». Tandis qu'une *personnalité plus affirmée* gagnera à s'adoucir par une monture plus fine.

Un *personnage public* désireux de se *mettre en scène* pourra porter des lunettes « remarquables ». Ce seront souvent des lunettes qui accentueront les particularités de son visage. Il jouera sur la forme, mais aussi sur la couleur. Ses lunettes deviendront *sa signature*.

Comme vous le voyez, vous avez le choix.

CAS PARTICULIERS

- Le choix du pont de vos lunettes suit les caractéristiques de votre nez: un nez fin aura besoin d'un *pont étroit* positionné sur le haut de la monture.

- Un nez large sera corrigé par un pont *plus bas et large* lui aussi. Le nez paraîtra moins large en comparaison.

lunettes

- Un nez long sera modifié par un *pont positionné haut* sur la monture, ce qui le raccourcira.

- Un nez court sera mis en valeur par un *pont haut et plutôt large*.

LA DISTANCE ENTRE LES PUPILLES

Il faut que les yeux paraissent centrés dans la monture.

Un *pont foncé* aura pour effet de rapprocher des yeux trop écartés. Par contre, pour les gens aux yeux rapprochés, un *pont transparent* élargira le regard.

On l'aura bien compris : les montures de lunettes représentent un *graphisme* qui vient s'inscrire dans la géométrie du visage, pour améliorer les petits déséquilibres et mettre en valeur ses qualités.

Règles d'or pour le choix des lunettes

Suivre l'implantation des sourcils (les laisser visibles, si possible).

Prendre une monture aux formes opposées à celles du visage.

Choisir une teinte proche de la couleur des cheveux.

Être attentif à la position du pont.

Les lunettes de femme ne doivent pas faire oublier la féminité.

Les lunettes peuvent être considérées comme des bijoux ou des parures.

DES MONTURES DE LUNETTES POUR CHAQUE TYPE DE VISAGE

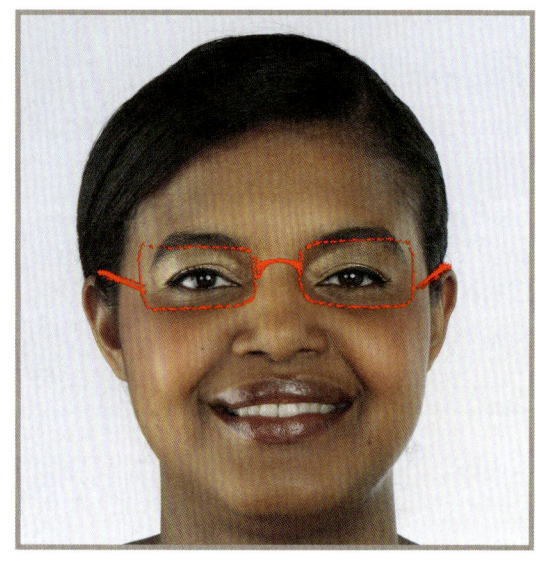

VISAGE OVALE

Ce visage s'accommode de la plupart des montures, fantaisistes ou non.

Tout est permis

VISAGE ROND

Plutôt des montures aux larges contours et plutôt géométriques pour contrebalancer la rondeur du visage.

Éviter les montures cerclées foncées

CHOIX DES MONTURES PAR RAPPORT AUX NEZ

Nez fin	Nez large	Nez long
Pont étroit / haut de la monture	Pont assez bas / épais	Pont fin et haut

VISAGE CARRÉ

Montures ovales, rondes ou hexagonales pour adoucir les traits.
Bords arrondis.

Éviter les formes anguleuses

VISAGE LONG

Pour atténuer la finesse du menton, choisir des montures fines qui casseront sa longueur. Donc, lunettes rondes ou carrées.

Éviter les montures qui « mangent » les joues

Chapitre 9

Visage et maquillage

Tous les visages, vous le savez maintenant, ont des particularités distinctes sur le plan de l'ossature et de la conformation (visages ovales, carrés, longs, ronds). Cela dit, certains visages « accrochent » la lumière mieux que d'autres (par exemple, des visages la restitueront esthétiquement et d'autres paraîtront marqués et cernés), et nous devons en tenir compte dans le choix du maquillage.

Voyez vos actrices préférées au cinéma. Certaines sont fascinantes de beauté… sur l'écran. Pourtant, s'il vous arrive de les croiser en personne, vous êtes parfois déçu ! C'est que leur visage accroche bien la lumière des plateaux et la restitue au mieux, ce qui les met en valeur.

Quant à nous, nous devrons apprendre à *mettre en relief* ce qui est dans l'ombre (par exemple des yeux enfoncés ou des cernes) ou *dissimuler* et *ombrer* des zones trop en lumière, comme de grosses joues ou des paupières supérieures proéminentes. C'est en cela que réside « l'art du maquillage » !

DES GOÛTS ET DES COULEURS

Même si notre visage accroche bien la lumière et facilite le maquillage, nous devons tout de même composer avec nos goûts. Certaines aiment des maquillages légers à peine perceptibles, assez naturels ; d'autres, au contraire, veulent accentuer par le fard certains traits de leur visage (yeux, bouche, etc.), voire de leur personnalité.

Quoi qu'il en soit, il y a des *lignes évidentes à respecter*, des *principes de base à appliquer*, des trucs et des astuces à découvrir pour que **le maquillage nous mette en valeur** et gomme (une fois de plus) les défauts.

LES PRINCIPES DE BASE

D'abord, on doit connaître **notre type de peau.** Sèche, grasse, normale ou mixte. Il existe un peu partout des « points de conseils » où l'on peut vous renseigner sur la texture exacte de votre peau. Certains grands magasins et certaines grandes marques de cosmétiques possèdent même des ordinateurs capables d'analyser votre peau.

La crème de jour ou *base*

La crème de jour, ou *base*, ne sera pas la même selon les types de peau, mais elle est *essentielle à un maquillage réussi*, car elle sert avant tout à **hydrater** la couche cornée sur laquelle on appliquera le fond de teint ou la poudre. C'est la crème de jour qui, la plupart du temps, fera que le maquillage tiendra et sera réussi. Certaines bases sont déjà teintées pour procurer un effet immédiat de bonne mine et pourront être utilisées seules ou sous la poudre.

Fond de teint ou poudre ?

C'est au choix. Par contre, mettre l'un plus l'autre est, pour la journée, un peu trop sophistiqué. Réservons la couche de poudre finale (légère) pour matifier et pour les soirées. Cependant, les progrès de la cosmétique font qu'il n'est même plus nécessaire d'utiliser la poudre libre pour matifier le maquillage, car des fonds de teint nouvelle génération s'en chargent très bien.

Cela dit, fond de teint et poudre sont maintenant d'excellente qualité : les poudres sont micronisées, minérales, pures ; les fonds de teint sont transparents, traitants, et se fondent à la peau. Il existe des poudres micronisées qui peuvent remplacer le fond de teint traditionnel. Le but recherché par ces produits est d'*unifier la couleur de la peau* et de *camoufler ses imperfections*, en *la laissant mate* toute la journée.

Trouver la bonne couleur

Avant d'acheter un fond de teint, essayez-le sur vous, non pas sur le poignet (comme on vous le propose trop souvent), mais bien **sur le dos de la main**.

Car la peau de l'intérieur du poignet est à l'abri des UV et n'est donc pas de la même couleur que celle du visage. Par contre, le dos de la main a subi la même exposition aux UV que le visage et restituera donc la bonne couleur.

Cependant, certains maquilleurs professionnels vous proposent d'utiliser l'intérieur du poignet pour déterminer s'il vous faut des tons chauds ou froids (voir chapitre sur la couleur). C'est que la *couleur des veines* du poignet nous donne de précieuses indications. Si les veines tirent sur le bleu, il vous faut des couleurs chaudes ; si elles tirent sur le vert, il vous faut des couleurs froides.

Les couleurs de votre teint

Comme nous l'avons vu précédemment, la couleur qui vous conviendra le mieux (pour le maquillage et pour les vêtements) est celle qui est induite par votre **carnation**, par la **couleur de vos yeux** (déterminante, ici) et par la **couleur de vos cheveux**.

En ce qui a trait à l'*ombre à paupières,* on peut dire que :

- si vous avez les yeux bleus, gris ou gris-bleu, les couleurs correspondantes seront le bleu, le rose, le mauve ;

- si vous avez les yeux verts, les couleurs correspondantes seront les teintes d'olive, de corail, de pêche et tous les tons mordorés ;

- si vous avez les yeux marron ou noisette, les verts et les tons de taupe ou d'abricot vous conviendront à merveille.

De manière générale, les fonds de teint à base jaune s'harmoniseront avec la plupart des couleurs de peau. On réservera ceux à base rosée pour les teints virant à l'olive et ceux contenant du vert aux teints couperosés.

POUR CORRIGER VOTRE TEINT

Teint	Correction	Effet
Trop jaune	Abricot	Réchauffe et rosit le teint
Trop rouge	Vert	Corrige les teints rouges
Pâle	Mauve	Redonne de la couleur et ajoute de la lumière
Trop bleu / terne	Rose	Rajoute de la « chaleur »

maquillage

Savoir camoufler

C'est le rôle du *concealer*. Mis en vedette par Saint Laurent, ce *stylo effaceur* masque, mais il met aussi en lumière. Son rôle est important et peu de maquilleurs professionnels peuvent s'en passer. Il s'agit de *mettre en relief* des points clés de votre visage, ou bien de camoufler des défauts qui pourraient nuire à l'harmonie d'un beau maquillage.

Le *concealer* peut camoufler :

- les taches solaires ;
- les cernes ;
- les points rouges et la couperose.

Et il peut :

- affiner un nez épais ;
- amoindrir les rides d'expression et effacer les sillons nasogéniens ;
- souligner les arcades sourcilières.

Attention : on choisit toujours le *concealer* de la couleur la plus proche de sa carnation, juste un ton au-dessous. (Le poignet, à ce moment-là, sera le bon endroit pour faire le test !)

LE BLUSH OU FARD À JOUES

Le fard à joues fut conçu pour vous donner bonne mine (d'où le mot anglais *blush* : « rougir »). Pourtant, son rôle est triple.

- Le blush marque le « point de rondeur » des joues, pour obtenir un visage jeune et plein. Pour ce faire, souriez, la bouche ouverte, et appliquez le fard sur le haut de la pommette, en allongeant vers les tempes. Bonne mine garantie !

- Sur un visage marqué, le blush aura aussi pour effet d'ouvrir le regard, ou d'attirer l'attention sur les yeux. Pensez à l'appliquer sur les arcades sourcilières. On choisira de préférence un ton rose abricot.

- Le blush peut aussi creuser de trop « bonnes joues », si on l'applique juste sous la pommette (dans le creux qui se forme quand vous aspirez vos joues) pour la faire ressortir. Cela permet d'affiner un visage trop rond. Les couleurs appropriées seront le terracotta, les brun doré, les tons de pêche. La poudre bronzante sera parfaite sur un visage mat, dans le creux des joues.

- Le blush foncé camoufle. Il « triche » avec la forme du visage. Le blush clair met en lumière ; il fait ressortir certains traits. On va donc s'en servir aussi pour corriger.

blush

Ayez donc deux couleurs de blush à portée de main : *l'une pour mettre en relief et donner de la couleur, l'autre, plus foncée, pour affiner le contour du visage ou creuser les joues.*

Dans ce dernier cas, la poudre terre de soleil sera une alliée parfaite. Posée sous le menton et balayée sous la mâchoire, en descendant vers le cou et derrière les lobes des oreilles, elle apportera les corrections qui s'imposent souvent.

Ainsi, le blush peut « tempérer » la forme d'un visage. (Là encore, on fera intervenir les notions de *verticalité* et d'*horizontalité*.)

- Par exemple, un **visage long** peut être élargi par l'application du blush à *l'horizontale*. Posez la couleur en travers de la pommette, vers les oreilles, et mettez-en un soupçon sur les tempes, toujours dans le sens de la largeur (comme il est indiqué sur le dessin). Prenez un ton plus foncé, comme la terre de soleil, et balayez-la le long de la mâchoire et sous le menton.

- Pour un **visage rond,** évitez de mettre le fard à joue trop près du nez. Étendez-le plutôt en suivant une ligne *verticale* qui part de la pommette et rejoint la mâchoire. N'oubliez pas de bien unifier le teint avec une poudre transparente en finition.

- Dans le cas d'un **visage carré,** concentrez la bonne couleur sur la rondeur des pommettes, puis balayez vers les tempes pour atténuer les angles. Adoucissez la mâchoire en estompant une couleur plus foncée *aux angles*, et une pointe à l'angle du front. Vous pourrez également diminuer la largeur de la mâchoire en la balayant avec la même couleur foncée, sous le menton, en allant d'une oreille à l'autre.

- Pour affiner un **menton lourd,** déposez sous celui-ci une ombre foncée, puis estompez vers les oreilles.

- Pour **donner du volume au menton,** appliquez une ombre claire juste à la pointe.

Vous comprenez donc l'importance du blush : il réveille un teint trop uni, en mettant en relief des points clés du visage, et il peut donner un air de bonne santé, comme après une journée au grand air ou un après-midi à la plage !

Ne vous privez pas du blush, c'est un atout majeur dans un maquillage réussi et naturel.

POSE DU BLUSH FONCÉ SUR LES DIFFÉRENTS VISAGES

VISAGE LONG

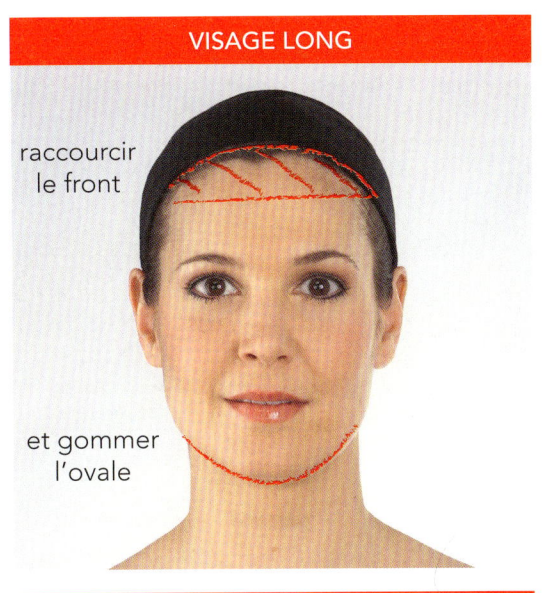

raccourcir le front

et gommer l'ovale

VISAGE ROND

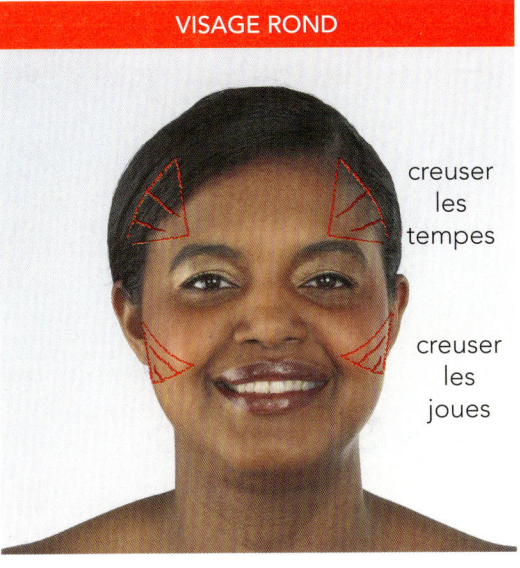

creuser les tempes

creuser les joues

VISAGE CARRÉ

réduire la largeur du front

creuser les maxillaires

VISAGE OVALE

peut-être adoucir simplement

POSE DU BLUSH CLAIR SUR LES DIFFÉRENTS VISAGES

VISAGE LONG

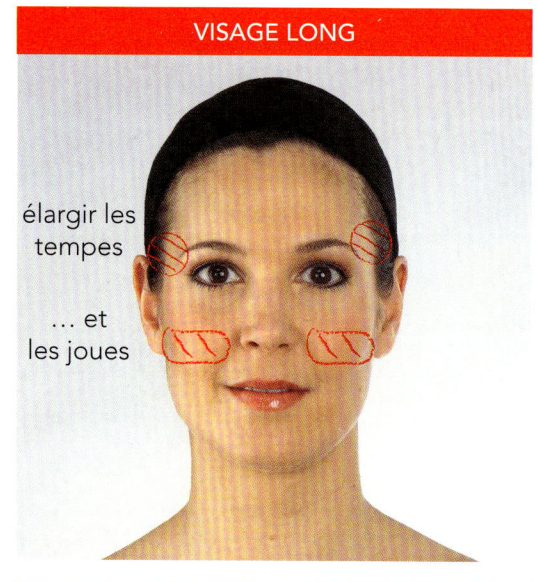

élargir les tempes

... et les joues

VISAGE ROND

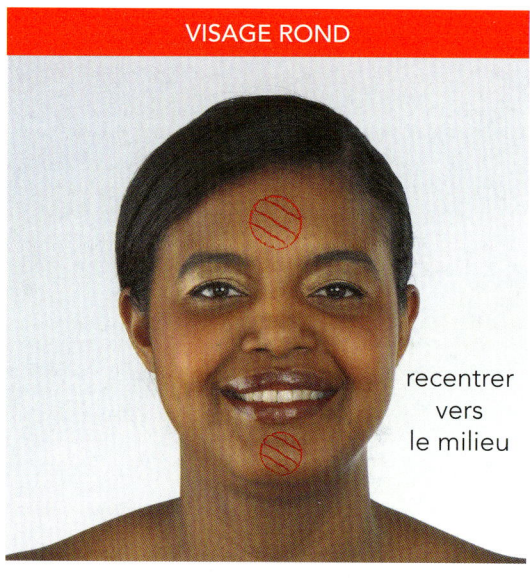

recentrer vers le milieu

VISAGE CARRÉ

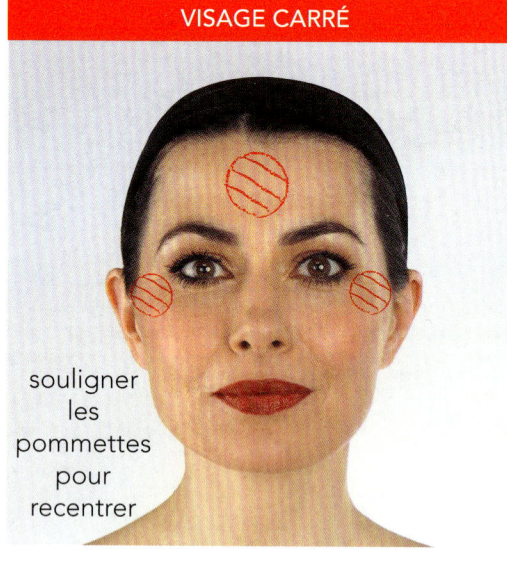

souligner les pommettes pour recentrer

VISAGE OVALE

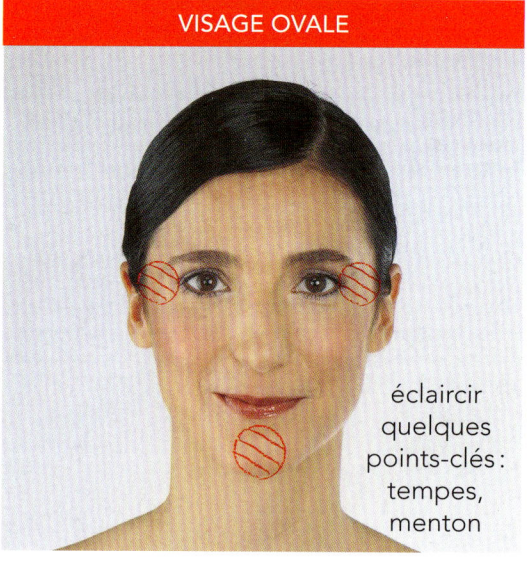

éclaircir quelques points-clés : tempes, menton

conseils

CONSEILS ET ASTUCES

Ne vous est-il jamais arrivé de sortir de chez vous et de vous regarder à la lumière du jour dans le miroir du pare-soleil, par exemple, et de constater avec stupeur que votre mascara a débordé sur votre paupière ou que votre terre de soleil est restée en plaques sur vos joues ?

Pour bien se maquiller, l'éclairage est primordial. Les conseils qui suivent vous permettront d'éviter certains désagréments.

1. Pour vous maquiller, mettez-vous près d'une source de lumière, une fenêtre par exemple. Déplacez-vous près d'elle avec un miroir à main, grossissant ou non.

2. Ayez de bons outils :

   - Les pinceaux adéquats, des cotons-tiges, des mouchoirs de papier pour essuyer l'excédent.

   - Les bons pinceaux : blush, avec un long manche et une brosse courte, plutôt ronde ou taillée en biais, pour balayer les pommettes.

   - Une petite brosse à sourcils, genre goupillon, qui pourra aussi servir à séparer les cils.

   - Un pinceau à eyeliner pour celles qui ne peuvent s'en passer. La mode s'éloigne un peu de cette tendance, car un crayon gras, bien taillé, peut le remplacer avantageusement.

   - Un indispensable gros pinceau rond à poils soyeux, tout doux, qui unifiera le teint avec la poudre ou qui, employé seul, juste après le maquillage, fondra tous les éléments ensemble, donnant tenue et uniformité au teint.

   - Certaines femmes utilisent un appareil que je qualifierais de « barbare », mais qui a fait « mes beaux jours », du temps où je m'appliquais à poser mon mascara intensément, comme le fait d'ailleurs aujourd'hui ma fille de dix-huit ans, ce qui lui donne un « regard de biche » ! Cet appareil est un *recourbe-cils*.

J'ai une anecdote à ce sujet, qui montre bien que cet engin de beauté n'est pas sans danger quand on s'en sert à la va-vite…

J'étais donc, jeune femme, une adepte de cette pince, à tel point que je me livrais à mon rituel « anti-cils raides » avant chacune de mes sorties ! Un soir, avant une soirée entre amis, j'ai voulu recourber les cils raides de mon fiancé… Je lui ai donc pincé les cils avec l'instrument et, tout à coup, il s'est reculé brusquement (peut-être parce que je l'avais pincé). Toujours est-il que ses cils sont restés collés au caoutchouc blanc ! J'ai cru que j'avais mutilé mon fiancé ! Heureusement, l'histoire finit bien : nous nous sommes épousés malgré tout, et cet homme est toujours mon mari !

Donc, si vous tenez vraiment à utiliser une pince recourbe-cils, allez-y doucement !

astuces

Les astuces pour réveiller le teint

Aujourd'hui, vous avez grise mine. Vous avez fait la fête, ou vous avez la grippe, peu importe : vous avez le teint terne. Vous allez devoir le « réveiller ».

D'abord, relancez la circulation au niveau des cellules de la peau. Pensez à la **gymnastique faciale** : il n'y a rien de tel pour stimuler les petits vaisseaux sanguins responsables de l'éclat et de l'hydratation de la peau. Pensez aussi aux massages et autres petits pincements dans le sens des fibres (du centre vers l'extérieur et de bas en haut).

Ensuite, travaillez à même la peau en utilisant par exemple votre sérum le plus efficace ou un masque ciblé que vous ferez pénétrer par massage. Laissez reposer le temps de votre douche ou de votre bain. Puis épongez l'excédent avec un mouchoir de papier.

Après quoi vous étendrez doucement votre crème de base. Vous choisirez ce jour-là une base non grasse, la plus légère possible (car les teints fatigués rejettent le gras !). Vous pouvez même oublier la base ce jour-là, surtout si le masque ou le sérum étaient riches.

Ensuite, balayez juste votre visage bien sec de terracotta et n'oubliez pas la pointe de blush sur le haut de la pommette. Voilà ! Rien de tel pour réveiller un teint terne !

Attention : ne consacrez pas beaucoup de temps à cela, juste le temps de votre rituel habituel du matin dans la salle de bains. Pas plus ! Sinon, vous obtiendrez l'effet inverse : votre peau trop stimulée rejettera son sébum et le léger maquillage ne tardera pas à virer.

Ne chargez pas non plus vos yeux par un maquillage trop appuyé. Là encore, ayez la main légère ! Et posez un anti-cernes ou un crayon rosé (il en existe des spécifiques dans les marques américaines) dans l'angle interne de l'œil qui, ce jour-là, sera gris-bleu. Effet de lumière garanti !

Avec des bijoux lumineux aux oreilles, vous serez « ranimée ». Disparu, le teint caverneux !

Les astuces pour cacher les poches sous les yeux

Ce n'est pas seulement l'âge qui peut causer des poches sous les yeux, mais aussi une perte d'élasticité, une mauvaise nuit de sommeil, ou un excès de sel ou de gras dans l'alimentation.

Le premier geste à faire sera de calmer cette zone fragile. Pour réparer les dégâts de la nuit, tout le monde connaît l'efficacité du sachet de thé infusé la veille, mis au frigidaire et ressorti au petit matin. Efficace : cinq minutes sous chaque œil.

Ne mettez pas de crème sur cette zone avant de vous maquiller ni le soir au coucher, à moins que cette crème soit conçue spécifiquement pour cette région du visage. Et encore, ayez la main très légère !

Appliquez un anti-cernes clair (comme la teinte de votre poignet) sur la partie bleue du cerne, *mais pas sur la poche elle-même*, car vous la mettriez en lumière, ce qu'il faut éviter.

Mettez de préférence de la poudre libre ou minérale à cet endroit, et étendez avec le doigt. La poudre « boira » la lumière et la poche s'estompera.

Par contre, mettez du mascara en haut et en bas, soigneusement, sans faire de paquets.

Évitez absolument les couleurs comme le lilas ou le mauve, même le bleu : ce sont les couleurs des cernes que vous essayez d'effacer !

Évitez aussi les traits de crayon à l'intérieur de l'œil ; changez au contraire pour un ton clair.

Les astuces pour écarter des yeux rapprochés

Il s'agit d'*écarter les yeux* par la couleur et de *mettre l'accent sur les coins externes*, de manière à ouvrir le regard.

Pour ce faire, vous allez « charger » votre mascara sur l'angle externe des cils, en haut comme en bas. Peignez-les à l'aide du goupillon (décrit plus haut), vers l'extérieur. L'eyeliner ou le trait de crayon sera posé seulement à partir de la moitié externe de la paupière. Étirez une couleur plus foncée dans l'angle extérieur en remontant, alors que dans l'angle interne vous poserez une ombre claire et mate – ou pas d'ombre du tout !

Pose d'ombre sur des yeux rapprochés

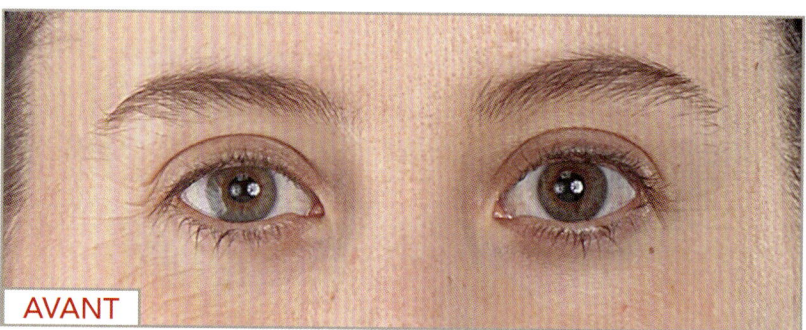
AVANT

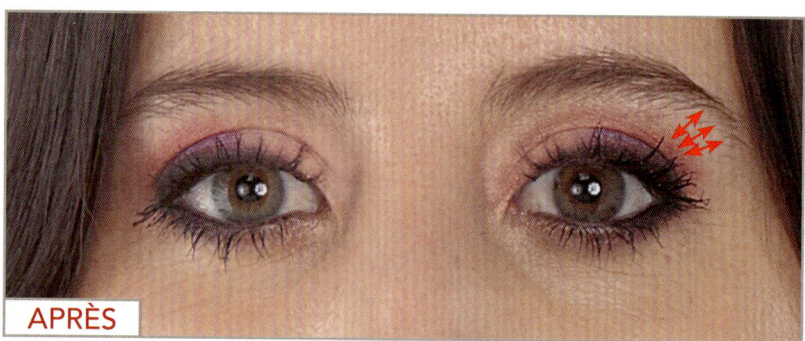
APRÈS

Les astuces pour rapprocher des yeux écartés

Ici, ce sera tout le contraire : ombre foncée dans le *coin interne près du nez*, et aussi sur la paupière inférieure, à l'angle interne. N'hésitez pas à remonter la couleur jusqu'à l'arcade sourcilière, ce qui produira un véritable effet de « rapprochement ».

N'oubliez pas d'estomper la couleur, jusqu'à la fondre avec votre teint, dès la moitié extérieure des paupières inférieures et supérieures.

Ne chargez pas le mascara : gardez la main légère.

Pose d'ombre sur des yeux écartés

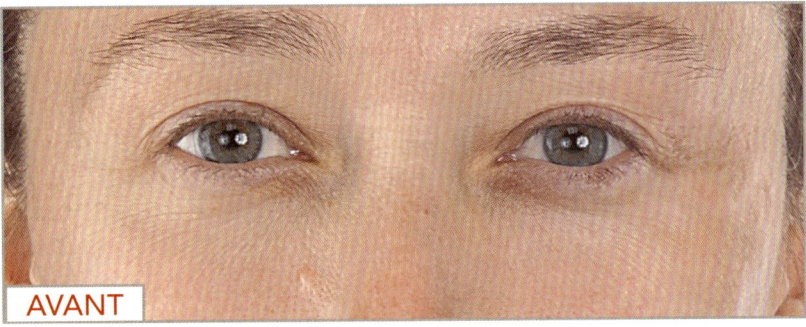

AVANT

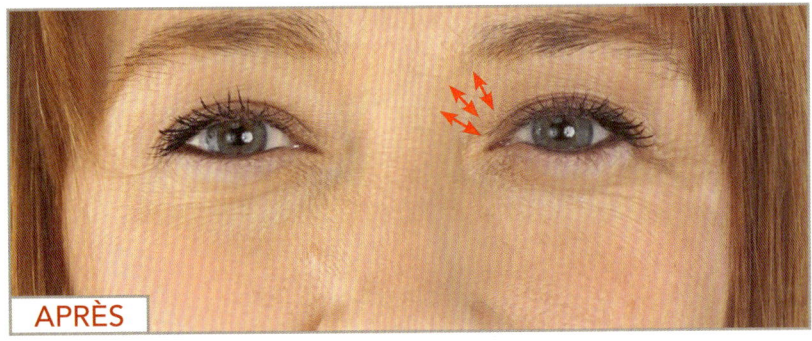

APRÈS

Les astuces pour remonter des yeux tombants

Relever la paupière supérieure par toutes les astuces déjà vues :

- Éclairer avec le *concealer* ;
- Prolonger et marquer le sourcil ;
- Souligner l'angle externe de l'œil en haut et prolonger vers la tempe ;
- Ne pas poser de mascara en bas.

Pose d'ombre sur des yeux tombants

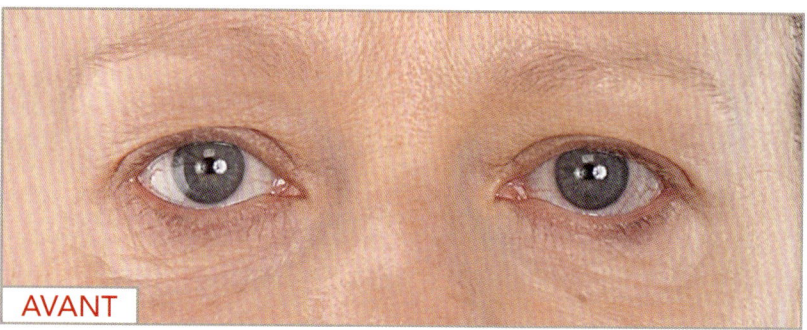

AVANT

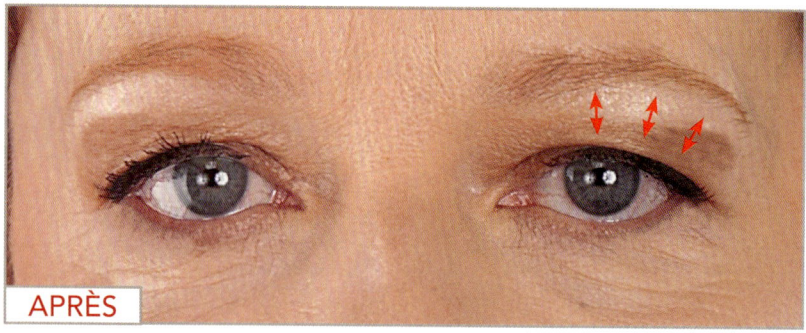

APRÈS

lèvres

Les astuces pour arrondir des lèvres minces

Si vous aimez les crayons à lèvres (ceux qui bordent les lèvres), c'est le moment de les utiliser ! Choisissez-les d'un ton au-dessus de votre rouge à lèvres préféré et cernez les lèvres d'un trait. Trichez un peu vers l'extérieur, comme si les lèvres dépassaient la bouche.

Par contre, si, comme moi, vous n'aimez pas le crayon à lèvres parce qu'il souligne trop votre bouche et la fige, posez sur vos lèvres une base poudrée (votre poudre, par exemple) et débordez intentionnellement le tour des lèvres avec votre rouge. Il existe maintenant des textures très « adhésives » qui seront parfaites pour cela. N'oubliez surtout pas la *pointe de lumière en plein centre de la bouche* (nacrée ou d'un ton plus clair).

Arrondir des lèvres minces

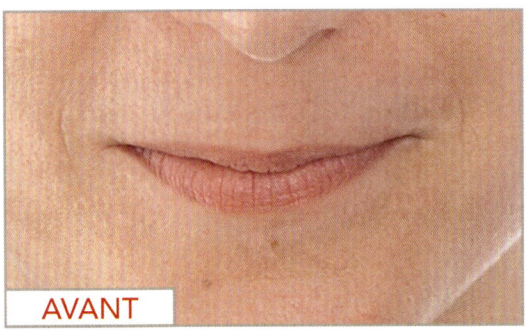
AVANT

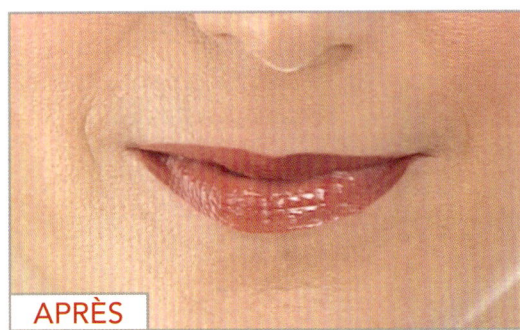
APRÈS

sourcils

À PROPOS DES SOURCILS

Les sourcils sont des *éléments capitaux* dans la structure d'un visage et dans un maquillage réussi. Tous les grands maquilleurs vous le confirmeront. Leur forme, leur épaisseur et leur ligne définissent idéalement la partie haute du visage.

Pour parfaire leur dessin, la méthode est simple : tracez une ligne imaginaire, à l'aide d'un crayon ou d'une règle, de l'angle externe de l'œil jusqu'à l'aile de la narine. Vos sourcils doivent s'arrêter à la ligne ainsi projetée.

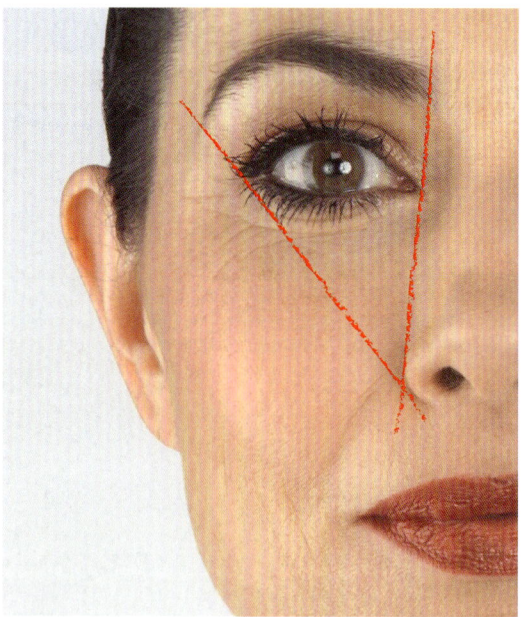

De la même manière, posez la règle le long de la narine, à l'extérieur, vers l'angle interne de l'œil. Les sourcils ne doivent pas dépasser les lignes ainsi créées. Vous devrez épiler ce qui dépasse pour recréer une ligne parfaite.

Les sourcils parfaits suivent la courbe naturelle des yeux.

Attention : ne déplumez pas vos sourcils et ne les rasez pas ! Ce serait une hérésie ! Ce n'est plus à la mode ! Et cela peut être un drame que de se retrouver sans sourcils, car ils mettront du temps à repousser… s'ils repoussent !

Vous avez déterminé la ligne de vos sourcils en jouant sur leur longueur, mais vous devrez aussi travailler leur épaisseur. Pour ce faire, peignez les sourcils vers le haut (à l'aide du goupillon ou de n'importe quelle autre brosse) et, avec de petits ciseaux fins, coupez ce qui dépasse de la ligne des arcades. S'ils sont trop broussailleux, il sera nécessaire d'enlever à la pince à épiler les poils qui ont poussé sous cette ligne, sur la paupière supérieure.

Vous choisirez la ligne des sourcils *en fonction de la forme de votre visage*, et même de celle de votre nez.

Le sourcil est le « chapeau du regard ».

Vous préférerez des sourcils plutôt épais :

• si votre visage est rond ou en cœur ;

• si votre nez est épais ou large ;

• si vous avez les yeux écartés.

Des sourcils plus fins :

• si votre face est longue et fine ;

• si vos yeux sont rapprochés ;

• si votre front est petit et étroit.

Tracez un trait clair à la racine des sourcils : cela éclairera tout votre visage !

Pensez aussi à *la couleur des sourcils*. Ils peuvent être de un à deux tons plus foncés que vos cheveux. Ne les gardez pas « sans couleur » : cela éteint le regard et fatigue les traits.

Une ligne de sourcil bien marquée vous assurera un visage structuré et, de là, plus harmonieux et plus jeune. Par contre, si vous avez les cheveux blonds très clairs, évitez de faire les sourcils trop sombres : cela aurait pour effet de durcir vos traits et de faire « masque ».

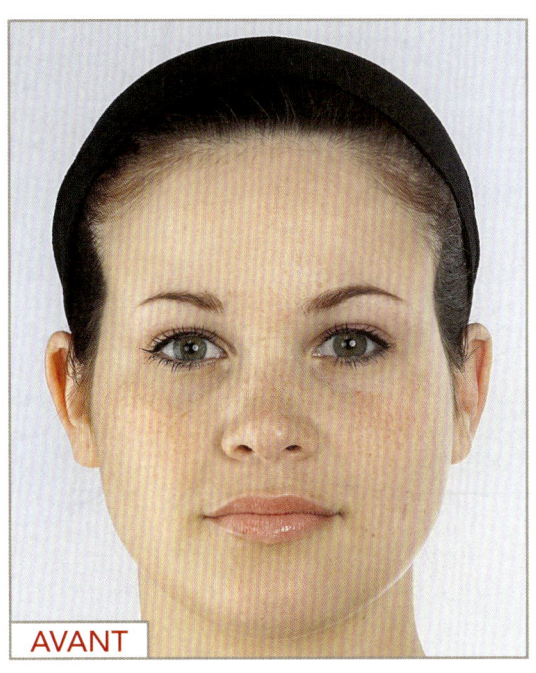

AVANT

APRÈS

soins saisonniers

DES PRODUITS DIFFÉRENTS SELON LES SAISONS

AUTOMNE
Après l'été, la peau a besoin de repos. Faites un bon gommage pour vous débarrasser des cellules mortes. Et posez des masques, et encore des masques pour revitaliser la peau très affaiblie par les multiples agressions (soleil, mer, sel, chlore, vent, etc.).

HIVER
Il s'agit de se protéger du froid et des changements climatiques. Vous choisirez une crème de jour plus riche et plus nourrissante. Essayez, avant les fêtes, les sérums qui se multiplient un peu partout sur les comptoirs de toutes les marques de cosmétiques.

PRINTEMPS
C'est le moment de courir à l'institut de beauté pour un bon nettoyage de peau et un soin hydratant. N'oubliez pas que les sérums hydratants sont plus légers que les crèmes. Prenez le soleil doucement, par palier, et toujours en vous protégeant.

ÉTÉ
Vous allez pouvoir vivre peau nue, sans maquillage, mais avec une crème hydratante et une protection solaire anti-UV adaptée à votre peau.

Règles d'or en matière du maquillage

Ne jamais

- *vous coucher sans vous être démaquillée! Même après une journée harassante, même sous la tente, même si vous ne vous êtes pas maquillée le matin (la poussière de la journée encombre autant les pores que le fond de teint);*

- *appliquer votre maquillage sur une peau déshydratée. Il plaquerait, brillerait, ferait des paquets…;*

- *prendre une crème de jour trop grasse, car l'effet serait le même qu'au point précédent et votre maquillage ne tiendrait pas.*

Toujours

- *mettre votre crème hydratante (adaptée à votre type de peau);*

- *bien unifier votre maquillage à l'aide de votre gros pinceau;*

- *peigner vos sourcils afin qu'ils restent en place;*

- *utiliser les cache-cernes qu'on trouve partout et dans toutes les marques, pour cacher mais aussi éclairer.*

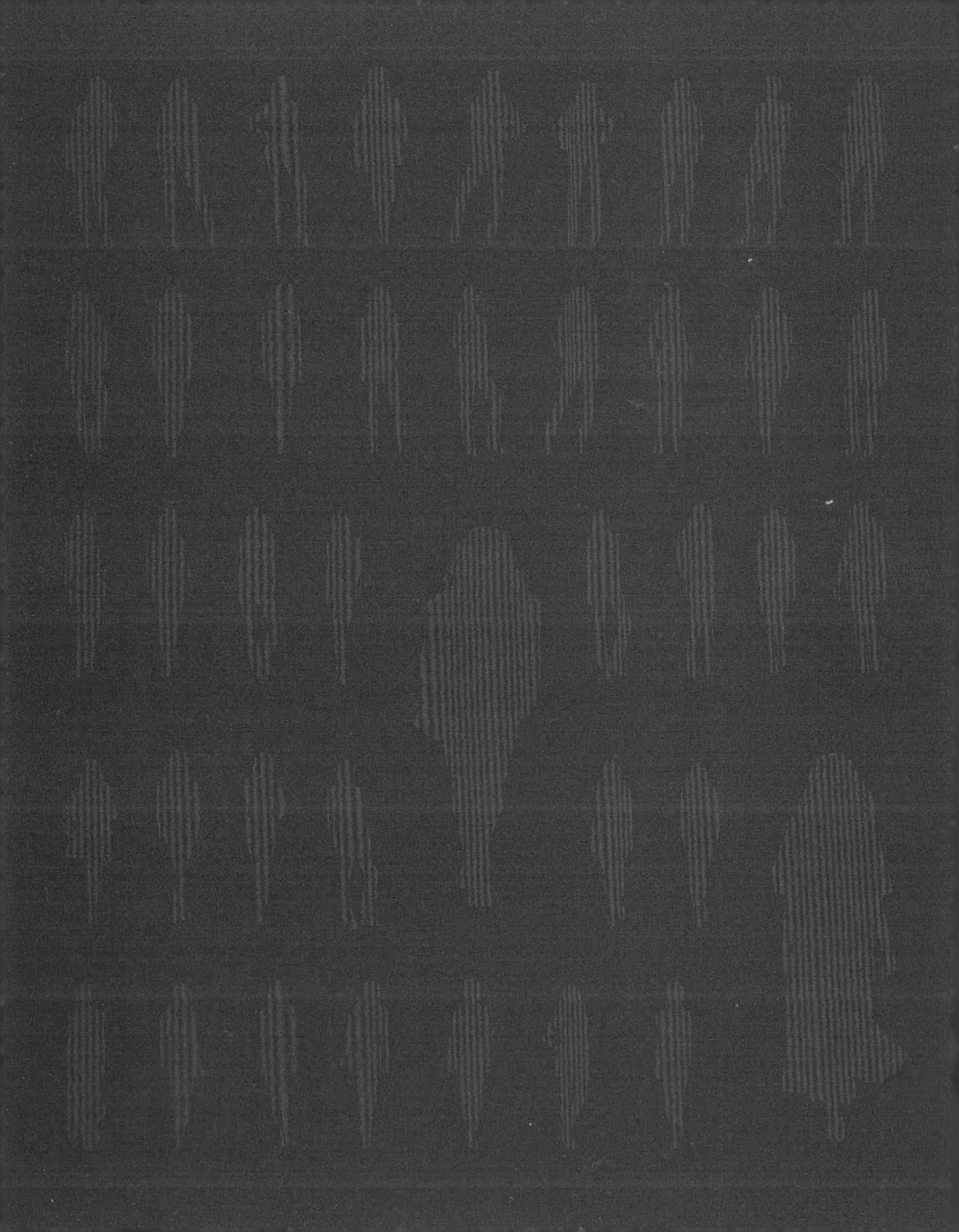

TROISIÈME PARTIE

Du style, des couleurs et des goûts

UNE QUESTION DE GOÛTS

Dans la partie précédente, nous étions en plein dans la « correction de notre image ». Dans cette troisième partie, nous allons **cerner nos goûts** dans le but de peaufiner notre projection esthétique, pour adapter au mieux nos vêtements à notre personnalité.

Pour mieux connaître nos goûts, nos couleurs, nos habitudes vestimentaires, revenons aux tests qui nous ont été d'une aide précieuse.

Nous allons voir maintenant qu'il est capital de pouvoir *nous projeter dans une image qui nous plaît*, pour arriver au résultat que nous souhaitons toutes : avoir du style ! Et, encore mieux, **avoir notre propre style !**

Dans ce but, nous allons procéder à différents tests amusants et faciles pour mieux cerner notre personnalité.

cerner nos goûts

Chapitre 10

Connaître son style

Pour s'habiller suivant sa personnalité propre, il faut respecter certains codes et apprendre des astuces qui visent à nous mettre en valeur.

D'abord, il ne faut pas confondre mode et style. La mode change si souvent que, à moins d'être une girouette, nous devons trouver à travers elle, et grâce à elle, notre propre style.

Le style n'est pas de suivre aveuglément les derniers diktats de la mode, *mais bien de créer ses propres règles.*

Les tendances de la mode sont donc à suivre avec clairvoyance et discernement.

Par exemple, j'adore les imprimés fauves ! Par chance, les couturiers en proposent toujours dans leurs collections. Donc, je joue un peu, chaque hiver, avec cette tendance sans cesse renouvelée. À tel point que j'en arrive à faire une overdose ! J'essaye donc de me calmer et je n'utilise ces imprimés qu'à des doses « homéopathiques ». Car ce serait du plus mauvais goût de m'habiller de la tête aux pieds en zèbre, en panthère ou en ocelot !

Avoir du style, c'est aussi garder un certain sens de la mesure.

Dans ce cas précis, il s'agit de ne porter qu'une pièce à la fois… et surtout d'apprendre quand vous pouvez ou non vous le permettre !

Donc, avoir du style, c'est aussi *ne pas en faire trop*. Les accros de la mode auront la fâcheuse tendance à occulter ce postulat, mais c'est l'excuse de la jeunesse.

Pour avoir du style, sachons rester raisonnables et apprenons qu'il vaut mieux en faire moins que trop.

Pour définir notre style, nous allons procéder à notre test habituel. Nous avons donc défini **quatre types de styles.**

Leur simplicité nous permettra de mieux cerner nos goûts en matière de vêtements. De plus, nous comprenons que nous pouvons fort bien **être le mélange de plusieurs styles,** ou avoir **des styles différents en fonction des moments de la journée.** Par exemple, être *sport* dans la journée et *classe* le soir venu.

Avec ce test, vous savez où vont vos préférences et où vos goûts vous entraînent. Vos choix dans les boutiques en seront simplifiés. Par exemple, n'allez pas craquer pour ce chemisier « dernier cri » si vous êtes plutôt du style sport et que sa coupe très près du corps ne met pas en valeur votre projection anatomique.

Question de bon sens, comme toujours !

Test 5

QUEL EST VOTRE STYLE ?

1. Vos goûts
   a) La dernière tendance des magazines
   b) Le collier de perles de Jacky K
   c) La petite robe noire d'Audrey Hepburn
   d) Le maillot de *Goldfinger*

2. Votre tenue préférée
   a) Jean dans les bottes
   b) Tailleur masculin, chemisier blanc
   c) Jupe et petits talons
   d) Votre vieux jean et un gros pull

3. Le pantalon de votre hiver
   a) Un jodhpur
   b) Le petit pantalon noir
   c) Un pantalon de cuir
   d) Votre vieux jean

4. Vos chaussures
   A) Bottes
   B) Escarpins
   C) Ballerines
   D) Baskets

5. Votre manteau d'hiver
   a) Un blouson de cuir
   b) Une fourrure (vraie ou fausse)
   c) Un manteau en lainage à col contrasté
   d) Un trench

Vous êtes **classique** si vous obtenez plus de **C**
Vous êtes **sport** si vous obtenez plus de **D**
Vous êtes **mode** si vous obtenez plus de **A**
Vous êtes **classe** si vous obtenez **B** à toutes les réponses

votre style

Avoir du style, c'est essayer d'adopter ces principes et les mettre en pratique selon ses états d'âme et sa personnalité. C'est aussi être à la recherche des détails qui peuvent faire la différence, donner du « piquant » à une tenue. Voilà le rôle de l'accessoire.

Les quatre types sont donc :

- classe ;
- classique ;
- mode ;
- sport.

Vous allez pouvoir mieux cerner votre apparence et créer le « cocktail » qui déterminera votre vraie personnalité. **Ce sera cela, votre style !**

Ainsi, pour ma part, je ne suis pas une femme mode, même si je surveille la mode d'assez près. Je suis au courant des tendances, mais je ne les suis pas à la lettre. Par contre, je sais avec certitude que je ne suis pas sport, même si le week-end je porte plus volontiers mon jean avec un pull à capuche. Je dirai donc que je suis « classe » avec un soupçon de « mode » et un zeste de « sport » ! Je sais aussi que, à quelques exceptions près, je ne m'aime pas dans ce qui est trop « classique ».

En conclusion, mélangeons les styles en toute connaissance de cause, de manière à être **au mieux de notre personnalité.**

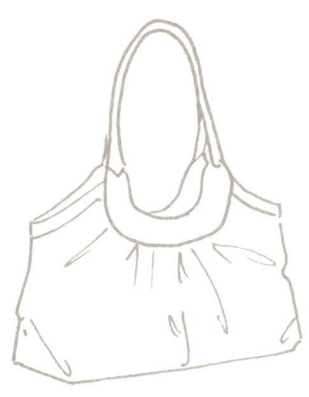

Classe

TENDANCE CLASSE

Être classe, c'est moins une tendance qu'une question de goûts (et souvent de moyens, aussi). Le fait qu'une femme soit classe ou pas ne vient pas du choix de ses vêtements. C'est une attitude, une allure. C'est dans sa personnalité. Une femme classe montera sa garde-robe à partir de critères très précis. Il ne s'agira pas, pour elle, d'acheter « n'importe quoi » pourvu que ce soit à la mode. Ses choix iront vers des vêtements intemporels, qui, le plus souvent, porteront la signature « estampillée » du bon goût. Elle privilégiera toujours ce qui dure, comme les grands classiques. Si ses moyens le lui permettent, elle fera des achats de choix chez les grands couturiers, comme un sac signé créé en mémoire d'une personnalité (pensons au sac Kelly d'Hermès). Cette pièce unique se transmettra comme un patri-

TENUE DE VILLE

TENUE DE SOIRÉE

moine de mère en fille. Quoi qu'il en soit, ses choix en matière d'habillement iront toujours vers le bon ton. Elle sera chic et élégante en toutes circonstances. Certaines pourront la trouver figée dans le temps, car elle fera fi de la mode des rues pour rester dans son style. Pourtant, celui-ci sera le plus souvent indémodable et impeccable. Être classe, c'est donc avant tout un état d'esprit.

Pour rester de bon ton, il faut éviter certaines tenues, surtout si vous voulez garder une certaine classe.

TENUE SPORT

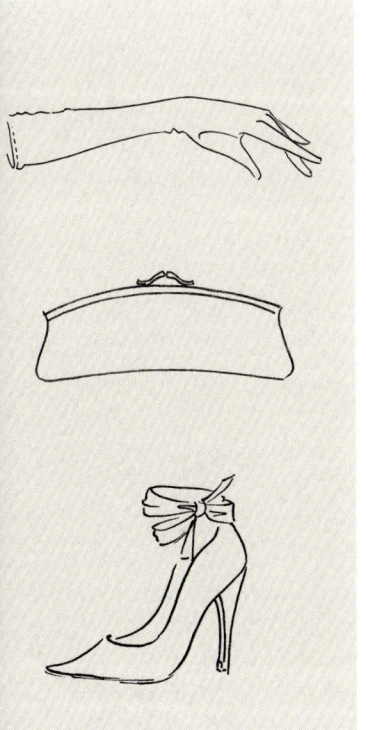

Classique

TENDANCE CLASSIQUE

Être classique ne signifie pas nécessairement avoir du style. Être classique correspond avant tout à une personnalité. On peut être classique en restant élégante et stylée, mais cela n'est en aucun cas la garantie d'une certaine classe. Car, pour certaines femmes, « classique » peut vite faire ennuyeux.

Par contre, des *classiques de garde-robe* peuvent sauver votre *dressing* !

Classique, ici, signifie *basique*. C'est-à-dire que ce sont les *bonnes bases* d'une garde-robe. Par exemple, personne n'oublie son bon pantalon noir en serge ou tout autre tissu qui a de la tenue en toutes circonstances. Voilà l'exemple type d'un bon élément « basique » ! C'est ce qu'on peut porter avec bonheur pour toutes sortes d'occasions : le mariage d'une cousine, un dîner de gala, un repas de travail, etc. Il aura toujours sa place, pourvu que vous le portiez avec votre somptueuse chemise d'organza, ou votre veste de smoking, ou bien le petit pull tout doux, acheté d'hier.

Donc, le pantalon noir est un élément basique incontournable, que toutes les femmes devraient avoir dans leur placard.

TENUE DE VILLE

TENUE DE SOIRÉE

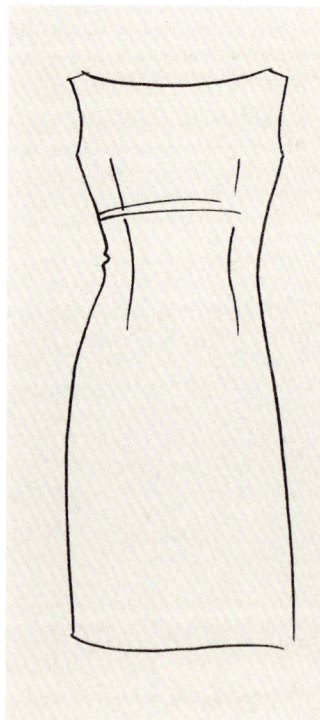

Il existe plusieurs bons éléments basiques à garder précieusement, malgré les tendances du jour. Je pense à une *jupe droite* bien coupée, dont la longueur *flirte* avec le genou. Intemporelle, celle-là ! Ou à votre *veste de tailleur à un seul bouton* (parce qu'il va bien à toutes les silhouettes), qui reste dans votre placard, saison après saison. Et n'oublions pas le *smoking « Saint Laurent »*, devenu un élément indispensable du classique branché.

Ces vêtements sont « classiques », j'en conviens, mais combien utiles pour toutes les associations qu'il vous plaira de faire !

C'est là que votre *style* entre en jeu.

Vous allez « pimenter » votre pièce basique, intemporelle, indémodable, par deux ou trois vêtements qui, eux, suivront la tendance de la saison en matière de mode. Là, vous serez dans votre style à vous, et rien qu'à vous.

TENUE SPORT

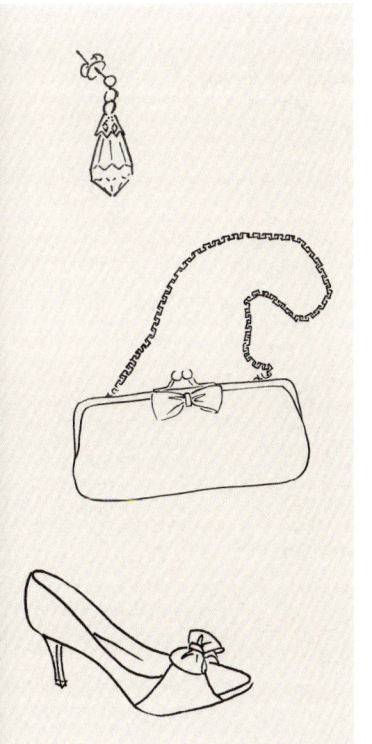

Mode

TENDANCE MODE

Être « mode » est souvent le propre de la jeune femme qui veut à tout prix (c'est le cas de le dire !) ressembler aux images des magazines. Elle fera tout pour avoir le look de tel couturier. Et, pour cela, elle est prête à dépenser des fortunes, quitte à se priver autre part… Mais il s'agit là, à mon avis, d'une tendance de la jeunesse qui passera avec un certain recul, avec l'âge.

Attention ! Rien ne se démode plus vite que ce qui est à la mode !

Et ce qui est à la mode ne résiste ni au temps ni aux autres collections, encore moins aux nouvelles tendances.

Si vous êtes « accro », vous devrez dénicher une boutique de troc ou des dépôts-ventes qui seront prêts à reprendre vos tailleurs chics (et chers) à des prix dérisoires.

Les femmes « mode » doivent donc avoir un sacré budget ! Elles devront faire des recherches dans les boutiques plus ou moins bon marché et fréquenter les boutiques d'échange. Mais les jeunes femmes moins fortunées devront ruser pour suivre cette tendance.

TENUE DE VILLE

TENUE DE SOIRÉE

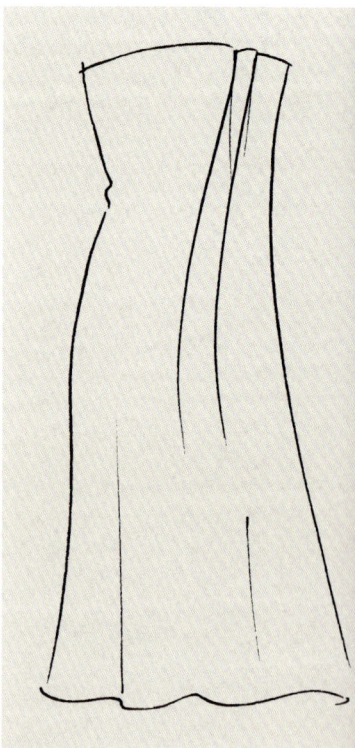

J'ai ainsi dans ma garde-robe un très beau manteau en cuir et en mouton retourné qui vient d'un grand « faiseur ». C'était celui-là que je voulais sur le moment, et pas un autre ! Même si sa coupe était un peu particulière. Je l'avais vu porté par un mannequin de renom, et c'est celui-là qu'il me fallait. Finalement, l'ai-je beaucoup mis ? Avec le recul, je ne saurais le dire honnêtement. Quoi qu'il en soit, je l'ai et je le garde, car personne n'en veut autour de moi : trop marquant !

Nous avons toutes des histoires comme celle-là. Des ratés. Des caprices.

Mais il faut assumer son goût immodéré pour les « choses » de la mode et ne pas avoir peur d'éclater son budget !

Cela dit, à moins d'être sur le devant de la scène en permanence et d'avoir le budget nécessaire, tâchons de rester raisonnables et mesurées dans nos achats vestimentaires.

TENUE SPORT

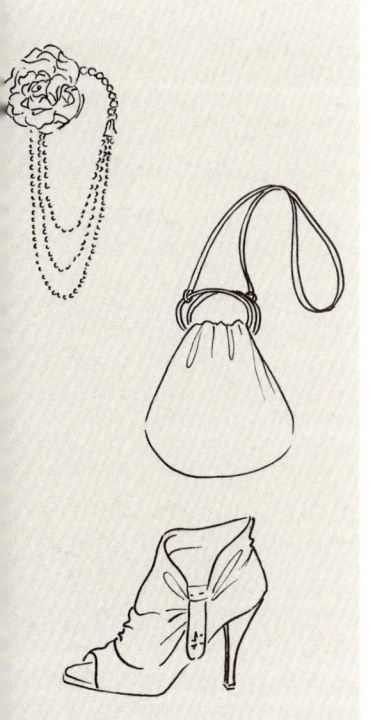

Sport

TENDANCE SPORT

Il est vrai que c'est tellement plus simple de rester en tenue confortable, jogging et baskets, tout au long de la journée…

Pourtant, rien n'est moins glamour que cette attitude. En fait, vous devriez réserver cette tenue pour le gym ou pour le parcours de santé du dimanche. Pour le reste, c'est trop dommage de ne pas laisser parler votre féminité !

Mais vous avez une solution devenue incontournable…

S'habiller sport : de l'intérêt du jean.

Le jean fait partie intégrante de notre vie de « modeuse », c'est un pilier de notre garde-robe, tout autant que le fameux pantalon noir dont j'ai parlé plus haut.

Ce pantalon en denim était à l'origine un vêtement de travail. Depuis des lustres, il fait partie de notre environnement vestimentaire. Sa robustesse et son confort sont ses meilleurs atouts. Les plus grands couturiers l'ont intégré à leurs collections et personne aujourd'hui ne peut s'en passer. Ce n'est pas seulement le vêtement privilégié du week-end et des sorties en famille, c'est aussi une pièce essentielle de la garde-robe.

TENUE DE VILLE

TENUE DE SOIRÉE

À nous de l'utiliser *avec style*, ce qui est assez facile, car le jean se prête à toutes sortes d'heureuses combinaisons. D'ailleurs, rappelez-vous *Pretty Woman*, le film…

Je n'oublierais jamais la scène finale dans l'escalier de secours, où Julia Roberts apparaît en jean avec une veste de tailleur marine. Quel chic! Alors que, pendant tout le film, elle avait porté les plus belles robes de couturiers, sur les champs de courses ou à l'opéra, c'est sur cette échelle qu'elle m'a semblé avoir le plus de classe! Avec son jean et son blazer! Fin de la démonstration.

Mesdames, à vos jeans!

Donc, n'oubliez pas *Pretty Woman* et faites de votre jean une pièce maîtresse de votre garde-robe. De plus, il est sans danger pour votre porte-monnaie. On peut donc à coup sûr décliner le jean avec classe et style.

Vous voyez : tous les styles sont possibles, **à condition qu'ils suivent votre personnalité, et pas seulement vos « désirs »!**

Mais, pour ne jamais nous tromper, restons avant tout naturelles! Collons à notre style, à notre nature. C'est le plus sûr moyen de valoriser notre image.

Se forcer, c'est se tromper!

TENUE SPORT

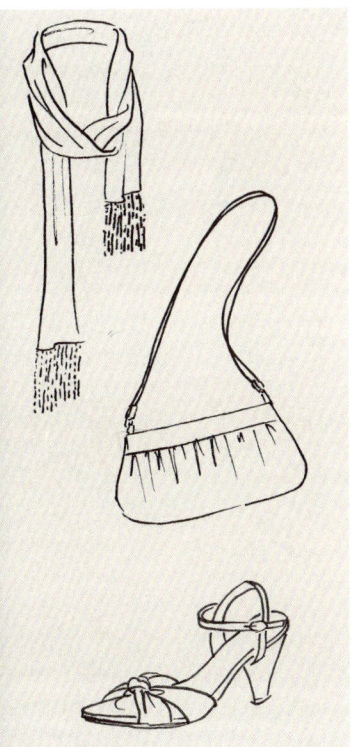

Chapitre 11
Valoriser son image

Pour ce faire, voici quelques principes essentiels :

- rester naturelle ;
- avoir une unité dans la tendance ;
- éviter de se déguiser ;
- se méfier des transparences.

SOYONS NATURELLES

Le postulat important qu'il faut à tout prix prendre en compte, surtout quand on avance en âge, c'est d'être à l'aise dans ses vêtements !

En effet, pour être naturelle, gracieuse et stylée, il ne faut pas se sentir engoncée, à l'étroit dans ses vêtements. Si c'est le cas, c'est que vous avez pris la taille en dessous de celle qu'il vous fallait, ou bien que la coupe n'est pas adéquate pour vous.

Cela me rappelle un souvenir lointain de ma vie de jeune femme coquette : les chaussures ! Particulièrement les bottes courtes que l'on portait à cette époque. Je les aimais serrées, parce qu'il me semblait qu'elles me faisaient un plus beau pied (!), et je croyais qu'il fallait les porter ainsi. Mon Dieu, que j'ai souffert ! Je me souviens d'un jour où j'étais restée immobile trop longtemps et que mes pieds, à l'étroit, avaient triplé de volume. Je ne pouvais même plus marcher. Cela ne m'a pourtant pas servi de leçon tout de suite : j'ai de longues années de souffrance (et de cors) derrière moi !

Cette anecdote illustre bien l'obsession absurde de certaines femmes qui veulent se sentir serrées (pour ne pas dire boudinées) dans leurs vêtements, au risque d'être gauches, empruntées et surtout mal habillées. Et, donc, de casser leur image.

AYONS UNE UNITÉ DANS LA TENDANCE

Je m'explique : j'aime les motifs panthère, on l'a vu. Cependant, il ne me viendrait pas à l'idée de l'associer à un autre imprimé aussi marquant que des fleurs, par exemple, ou que des rayures bayadères.

Restons simples, surtout si l'on commence par une note de fantaisie. De la même manière, on doit éviter certaines associations, comme les rayures et les imprimés fleuris, les rayures et les carreaux, les couleurs « flashys » entre elles, etc. C'est une question de bon sens avant même d'être une question de bon goût !

Évitons de nous déguiser

En effet, rien de plus ridicule que de se travestir au lieu de se « vestir », même si l'étymologie est la même.

*Se déguiser, à moins d'aller à un bal masqué, c'est manquer de respect pour les personnes en face de soi, et surtout pour soi. Se déguiser au quotidien, c'est cacher sa **véritable personnalité sous des vêtements inappropriés.***

Cette faute de goût est souvent imputable à la jeunesse, et c'est seulement à ce moment-là qu'elle peut être excusable.

C'est ainsi qu'on a pu voir, selon les époques, des styles aussi différents qu'étranges, comme le grunge, le destroy, le gothique, le hippy…

Se déguiser en « petite fille » passé l'âge de dix ans, c'est aussi une faute de goût. La robe baby-doll, les socquettes avec des talons, les tuniques ou les robes trop courtes font sombrer à coup sûr dans le ridicule.

Méfions-nous des transparences

Nous voulons peut-être sciemment laisser voir, sous une veste habillée, la dentelle d'un sous-vêtement, mais ce petit jeu de la transparence peut être à une arme à double tranchant. Rien de moins sexy, par exemple, que d'exhiber la marque d'un soutien-gorge sous un beau chemisier, surtout si, en plus, sa couleur jure avec celui-ci.

Pensez toujours à assortir votre lingerie à ce que vous portez par-dessus.

Et, n'oubliez pas : la qualité doit primer la quantité !

Une de mes amies a coutume de dire que « le bon marché coûte cher ». On ne saisit peut-être pas tout de suite la signification de cette phrase, mais, à bien y réfléchir, comme elle a raison ! Faites-en votre maxime et, au lieu d'acheter trois hauts à petit prix, offrez-vous le cachemire de vos rêves, qui ne vous coûtera pas plus cher.

L'INTÉRÊT DE L'ACCESSOIRE

On s'accorde à dire que l'accessoire *fait* la tenue. « L'accessoire fait et défait la femme », disait Coco Chanel. Certes, le bon accessoire peut pallier parfois les approximations ou les décalages, mais il peut aussi transformer une tenue banale en une toilette de classe et de bon goût.

Par exemple, prenez un pantalon tout à fait classique (celui que vous avez dans votre garde-robe) et un pull noir tout simple, puis agrémentez le tout d'un rang de perles, d'un sautoir, de beaux pendants d'oreilles ou d'une ceinture sophistiquée… Vous voilà prête pour un grand soir ! L'accessoire peut aussi faire figure de *touche finale*. Et signer une certaine personnalité, une singularité.

Cependant, je trouve que l'accessoire éclipse trop souvent le reste de la tenue. Il peut l'écraser, l'alourdir. Détourner l'attention sur lui au détriment de la toilette elle-même.

Il doit mettre en valeur, donner de l'éclat, suggérer, mais ne rien cacher. Ne pas prendre le pouvoir et rester un détail.

C'est cela, le style : savoir doser l'accessoire comme valeur ajoutée, et seulement comme tel.

De style et de chaussures

Les chaussures sont des accessoires vestimentaires essentiels. Certaines femmes vouent d'ailleurs un véritable culte à leurs escarpins. Parce qu'ils sont signés d'un grand nom, ou bien parce que toutes sortes de « phantasmes » ou de symboles s'y rapportent.

Dans une tenue bien étudiée, la chaussure peut attirer à merveille l'attention.

Il est bon de savoir, à ce propos, que les escarpins allongent la jambe, affinent la cheville et font, paraît-il, ressortir le muscle fessier de 25 degrés.

De plus, en déplaçant le centre de gravité du corps, ils nous poussent à projeter la poitrine en avant, ce qui serait donc plus « avantageux » pour notre silhouette.

Par contre, les chaussures assorties au sac, comme du temps de nos mères et de nos grands-mères, sont des notions qui n'ont plus cours aujourd'hui.

Les sacs

Devenus des vrais trésors des garde-robes branchées, les sacs sont la plupart du temps griffés. D'ailleurs, certaines marques ont réalisé la plus grosse partie de leurs ventes avec ces accessoires. Les sacs des grands noms s'échangent, se vendent et se passent de génération en génération, comme des trophées !

D'accessoires, les sacs sont devenus des pièces essentielles d'une garde-robe bien conçue. Ne les négligeons pas, et réservons-leur un budget « spécial », car mieux vaut un beau sac en cuir, qui conviendra à plusieurs tenues différentes, qu'un sac de qualité moyenne pour chaque tenue.

Donc, là encore, favorisez la qualité et non la quantité !

Accessoiriser la petite robe noire

Accessoiriser le jean

Accessoiriser le trench

LE TRENCH

AGENCEMENT DE SOIRÉE

AGENCEMENT DE VILLE

AGENCEMENT SPORT

Chapitre 12

Approfondissons notre étude

Vous venez de faire votre cinquième test et vous avez défini vos goûts et trouvé votre style, ou, mieux, votre *mélange de styles*. Mais on peut encore hésiter à se définir si « simplement ». Les petites astuces qui vont suivre vous permettront de mieux cerner vos goûts, et ce à quoi vous souhaitez être identifiée. Vous allez donc « affiner » votre prospection.

Le premier travail sera un examen plus approfondi de l'*image à laquelle vous souhaitez être associée*. Pour ce faire, vous ferez un travail de recherche supplémentaire, dont le seul but sera de **mieux vous connaître**.

PREMIÈRE ÉTAPE

Vous devrez d'abord choisir des « images » qui vous parlent, des représentations qui attirent et retiennent votre regard.

Dans un premier temps, je vous propose de rassembler toutes sortes de magazines féminins. Empruntez-en à vos amies. Surveillez la parution des numéros hors série consacrés à la mode, à chaque nouvelle saison, et stockez-les.

Puis, quand vous aurez un peu de temps libre, ressortez ces magazines et triez les images qui vous plaisent, sélectionnez les looks qui vous parlent et auxquels vous vous identifiez spontanément. Qu'importe si le mannequin n'a rien en commun avec vous !

Faites un tas de ces coupures, puis à l'occasion replongez-vous-y et conservez seulement celles qui résistent à ce second examen.

Ensuite, étudiez bien chaque photo et classez-la selon les critères suivants.

- Est-ce que j'aimerais posséder cette tenue ?
- Est-ce que cette image m'a plu à cause des couleurs ?

- Est-ce que cette image m'a plu à cause de l'apparence ou du tombé du tissu ?

- Est-ce que l'harmonie qui ressort de cette photo m'a plu ?

- Est-ce le style évoqué ?

- Est-ce le décor qui m'a séduite ?

- Est-ce la sophistication de l'image ou ce qu'elle suggère qui m'a plu ?

Faites un tas selon ces critères, puis reportez-vous au test sur *votre style* :

1. Si les images que vous choisissez sont à chaque fois des « classiques » (genre chemisier/jupe/escarpins), il n'y a pas de doute : vous êtes *classique*.

2. Si, au contraire, vous ne choisissez que des tenues branchées, à la mode des dernières tendances, pas de doute : vous êtes *mode*.

3. Si vous n'avez sélectionné que des tenues décontractées, vous êtes *sport*.

Et ainsi de suite…

En faisant ce petit travail qui n'a rien de fastidieux, vous poursuivez votre chemin dans la connaissance du style que vous aimez, donc que vous désirez obtenir.

DEUXIÈME ÉTAPE

La deuxième étape que je vous propose maintenant, toujours dans le but de poursuivre le perfectionnement de votre style au plus près de votre personnalité, se présente comme un jeu.

Voici une liste d'adjectifs : tous ont une connotation intéressante. Lisez-les attentivement et cochez ceux qui paraissent *vous définir le mieux*. Vous en trouverez certainement une dizaine. Six serait le nombre idéal pour que le test soit concluant.

TABLEAU DES ADJECTIFS QUI VOUS AIDERONT À VOUS DÉFINIR

classique	rétro	féminine	glamour	sophistiquée
jolie	étrange	moderne	tendance	luxueuse
exubérante	puissante	vibrante	intellectuelle	sexy
riche	douce	colorée	saine	sportive
calme	apaisante	volontaire	puissante	rayonnante
amicale	rassurante	mystérieuse	extravertie	introvertie
chaleureuse	innovante	magnétique	accessible	ravissante
brillante	excitante	créative	séduisante	originale
sensuelle	gracieuse	naturelle	exotique	énergique
étincelante	spirituelle	apaisante	dynamique	artistique

Ensuite, replongez-vous dans le passé (surtout si vous avez plus de quarante ans) et recherchez les adjectifs que vous auriez cochés quand vous aviez vingt ans. Ce ne sera assurément pas les mêmes ! Pourtant, vous verrez, quelques-uns se recouperont. **Ceux-là sont définitivement ceux qui vous ressemblent le plus !**

J'adore ce test. Il est plus important qu'il n'y paraît ! Et, une fois encore, il vous permettra de bien vous définir et de trouver votre style – votre style extérieur, mais aussi celui de votre moi… Voilà le but recherché dès le départ : *ressembler à ce qu'on est !*

Pour ma part, à vingt ans, j'aurais coché sans hésiter et avec beaucoup d'assurance les adjectifs « dynamique », « vibrante », « sexy », « exubérante », « étincelante », « chaleureuse »… Rien de moins ! (Ah ! la jeunesse !) Aujourd'hui, des années plus tard, voici les mots que j'entoure : « féminine », « accessible », « chaleureuse », « dynamique » et « brillante ». On remarque la persistance des adjectifs « dynamique » et « chaleureuse ». Donc, avec le recul, ces deux adjectifs me qualifient sans doute très bien.

Bon ! Maintenant que nous avons bien joué à nous connaître davantage, à nous mettre en valeur au mieux de notre silhouette, nous allons avancer encore plus avant dans notre étude.

PARLONS DES COULEURS

Il sera question ici des couleurs que *nous aimons*, sans tenir compte de celles qui nous vont le mieux dans l'absolu.

Vous connaissez déjà celles qui vous mettent en valeur, qui font chanter votre teint ou vos yeux. Celles qui ont votre préférence, de manière inconsciente et inexpliquée.

En faisant le test suivant sur la couleur, vous apprendrez à quelle **femme couleur** vous vous apparentez.

Chapitre 13

À propos des couleurs

Il est temps de vous parler des couleurs, *car elles sont essentielles à notre vie.* Elles sont partout, autour de nous, et véhiculent des émotions et des sensations. Passons en revue rapidement ce qu'elles évoquent et symbolisent.

LES COULEURS PRIMAIRES

Les couleurs primaires, pures, ne peuvent pas être obtenues par le mélange d'autres couleurs.

Magenta
Le rouge, c'est la vie. Le sang qui circule dans notre corps témoigne de notre vitalité. Le rouge incarne une détermination à agir, l'affirmation d'une volonté. La puissance. L'amour et le combat pour la vie. Donc, rouge égale passion, courage et vitalité.

Bleu cyan
Le bleu, c'est l'eau. Les origines et la profondeur des choses. C'est la couleur apaisante de la recherche intérieure. Donc, bleu égale sérénité, sensibilité et calme.

Jaune
Le jaune, c'est le soleil, et, par extension, la joie. C'est la couleur du partage et de la richesse intérieure. On retrouve le jaune dans le rayonnement et l'amitié. Donc, jaune égale harmonie, clairvoyance, narcissisme.

LES COULEURS SECONDAIRES

Les trois couleurs secondaires sont obtenues par le mélange de deux couleurs primaires.

Vert
Association du bleu et du jaune. Le vert représente la nature et tout ce qui est lié à elle. C'est une couleur positive, anti-stress et rassurante. Donc, vert égale renouveau, prospérité, abondance.

Violet
Association du rouge et du bleu. Le violet dénote la plupart du temps des personnalités opposées. C'est la couleur du mystère. Donc, violet égale mystère, spiritualité, richesse.

Orange
Association du rouge et du jaune, la couleur orange est faite pour être vue et remarquée. La personne qui aime porter de l'orange est extravertie et pleine d'énergie. Donc, orange égale créativité et vitalité.

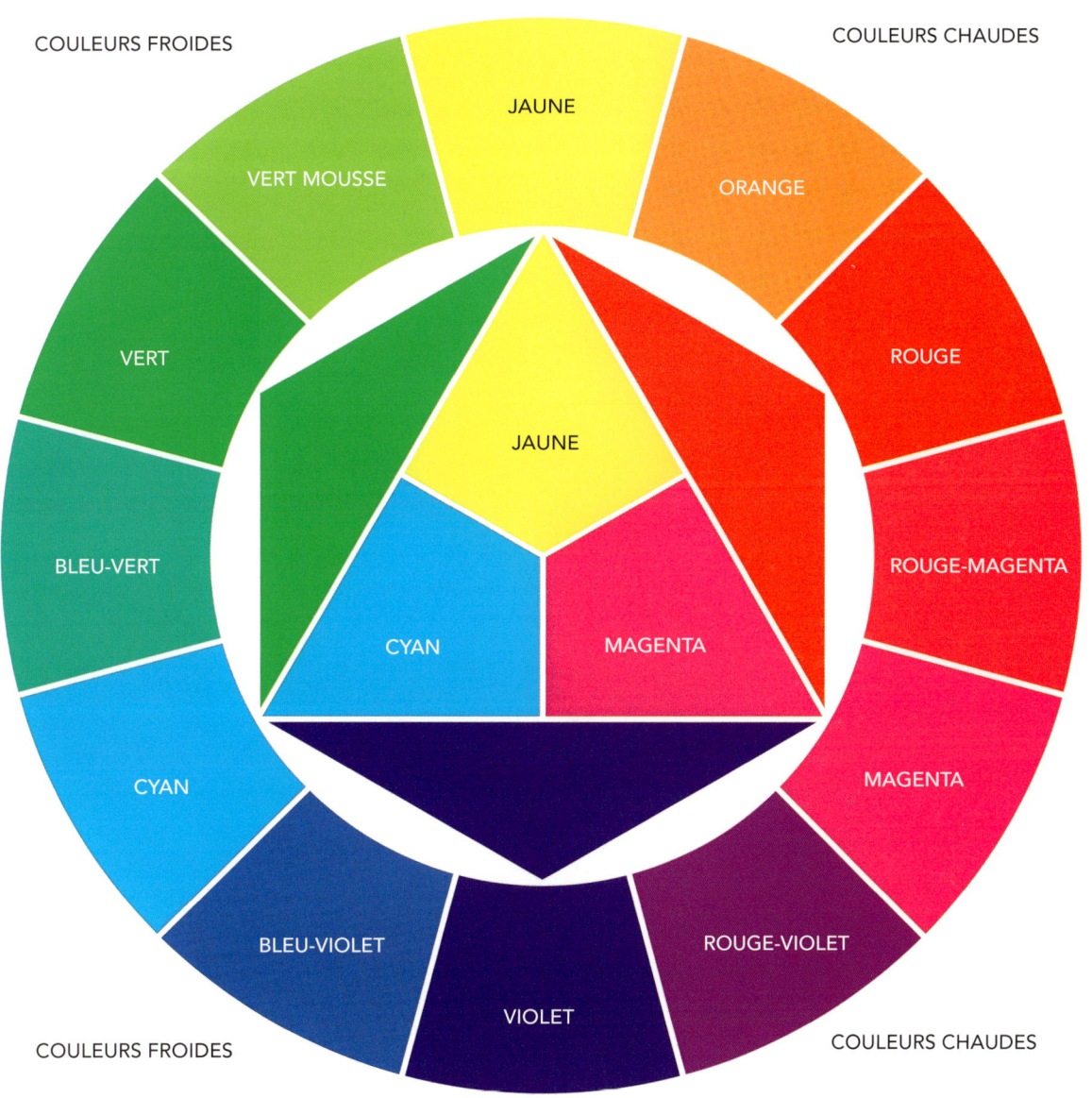

LES COULEURS TERTIAIRES

Les six couleurs tertiaires sont obtenues par le mélange des couleurs primaires et secondaires.

Turquoise
Mélange du bleu et du vert. Humour et fantaisie.

Rouge écarlate
Mélange de rouge et d'orange. Passion et vitalité.

Indigo
Mélange du bleu et du violet. Pouvoir et absolutisme.

Vert mousse
Mélange du vert et du jaune. Renouveau, clairvoyance.

Pourpre
Mélange de rouge et de violet. Puissance et spiritualité.

Ocre doré
Mélange de jaune et d'orange. Harmonie, sagesse.

LES COULEURS COMPLÉMENTAIRES

Ces couleurs sont diamétralement opposées sur le cercle chromatique.

Par exemple, le violet est complémentaire du jaune.

Le vert est complémentaire du rouge magenta.

L'orange est complémentaire du bleu.

La couleur est *un des éléments fondamentaux* à prendre en compte dans le choix de nos vêtements. Car, comme toujours, **nous voulons être mise en valeur**, et non attirer l'attention à tout prix.

LE BLANC ET LE NOIR

À proprement parler, le blanc n'est pas une couleur : c'est une clarté neutre qui combine toutes les fréquences du spectre. Quant au noir, c'est une « absence de couleur ». Cet aspect apparaît quand une surface ne réfléchit aucune radiation visible. Donc, le blanc est bien l'opposé du noir.

couleurs

Le blanc symbolise la pureté, l'innocence et la paix, et le noir, les ténèbres, la mort et l'anarchie.

Porter du blanc, c'est « se mettre en lumière ». Au contraire, porter du noir, c'est vouloir « disparaître », se cacher, mais cela permet aussi, bien entendu, de mettre en valeur toutes les associations de couleurs.

COULEURS CHAUDES CONTRE COULEURS FROIDES

Un autre moyen de trouver les couleurs adéquates est de déterminer si ce sont les couleurs chaudes qui vous vont le mieux, ou si ce sont les couleurs froides.

Les couleurs **chaudes** *ont dans leur base de tonalité* **des** *tons dorés.*

Les couleurs **froides** *ont* **des** *tons de bleu* *dans leur base de tonalité.*

Par exemple :

- Un rouge bordeaux (pensez au verre de vin) est une couleur froide, alors que la couleur rouge est classiquement considérée comme chaude ;

- Un rouge tomate, plus orangé, sera une couleur chaude (car l'orange en est une).

Autres exemples, dans les verts :

- Un vert mousse (jaune dans sa tonalité) est chaud ;

- Un vert jade (bleu dans sa tonalité) est froid ;

- Un vert anis (dominante de jaune dans sa tonalité) est chaud.

Si vous hésitez encore quant à vos couleurs, vous pouvez faire le « test de l'écharpe ». Prenez plusieurs tissus de différentes couleurs et drapez-les près de votre visage. Examinez-vous. Quelles sont les couleurs qui flattent le plus votre teint ? Qui font ressortir la couleur de vos yeux ? Ou, au contraire, quelles sont celles qui vous font paraître les traits tirés, le regard fatigué ?

Vous avez là une réponse à exploiter.

Bannissez les couleurs qui éteignent votre teint et gardez celles qui le font chanter.

Avec ce que vous venez d'apprendre sur la couleur, vous ne devriez plus jamais faire de fautes de goût ! Et vous progressez vers la meilleure image de vous-même.

LA COULEUR DE NOS VÊTEMENTS

Dans les chapitres précédents, j'ai souvent soulevé le problème de la multiplication des couleurs.

La règle d'or est de ne pas porter plus de trois couleurs à la fois, au risque de faire « perroquet ».

Le plus souvent, une couleur unique en dégradé (quand c'est possible) aura plus de style.

Je m'explique : vous aimez le gris ? Et il vous va bien ? C'est sans doute, comme on le verra plus loin, parce que vous êtes une femme-été… Quoi qu'il en soit, c'est votre couleur préférée. Mais, vous en conviendrez avec moi, porter du gris de la tête aux pieds fait triste et sévère ! Je vous déconseille donc cette monochromie. Pourtant, si vous faites des effets de dégradé avec votre couleur, vous créerez des nuances intéressantes. Par exemple, le look gris intégral peut être associé très avantageusement avec le blanc, l'argenté, le gris perle, l'anthracite, etc. Vous comprenez ? Ainsi, vous restez dans des harmonies de gris.

Il s'agit là d'une harmonie d'analogie. Vous êtes partie d'un certain ton et l'avez étendu à d'autres nuances de la même couleur ou à un ensemble de tons voisins du cercle chromatique.

Essayez, vous verrez : le résultat est souvent fabuleux. C'est un des secrets du style et d'une classe certaine.

Cependant, on ne peut pas nuancer toutes les couleurs aussi facilement.

Par exemple, les couleurs primaires n'ont aucune autre tonalité et ne peuvent être obtenues par le mélange d'autres couleurs. De toute façon, ces couleurs sont rarement associables. Qui voudrait d'une tenue toute jaune, toute rouge ou toute bleue ? Qui oserait rivaliser avec les canaris et les perruches ?

Oser porter intégralement une couleur primaire, c'est se singulariser. Pourquoi pas ? Mais cela reste un choix personnel.

Dans le cas des couleurs primaires, on ne peut donc appliquer (raisonnablement) la règle d'or des « trois couleurs ». On les utilisera plutôt par petites touches ou pour un seul élément. En effet, rien ne vous empêche de vous offrir une belle robe bleue, mais faites attention à la couleur des accessoires, des chaussures, des sacs. À ce moment-là, pensez aux couleurs complémentaires : la complémentaire du jaune est le violet ; la complémentaire du bleu est l'orangé, etc. Cela dit, je mets quiconque au défi d'oser mélanger harmonieusement le vert avec un rouge magenta, ou un orangé avec un bleu… À moins que ce ne soit sur un tableau d'art moderne.

À la recherche de l'harmonie et de l'équilibre

Donc, mesdames, restons respectueuses de l'harmonie en matière de couleurs. Ainsi, nous nous en sortirons non seulement avec bon goût, mais aussi avec style.

Quelques exemples de choix harmonieux

Le beige (tonalité parfaite des *femmes-printemps*) va bien avec le blanc cassé, l'ivoire, le doré, le kaki, le bleu jean ou délavé…

Le marine, bien sûr, avec tous les tons de bleu, du plus clair au plus foncé. Très chic avec du blanc…

Le rouge pourra aller doucement avec les « autres rouges » et les nuances de rose.

Le marron s'harmonisera avec des pointes de jaune, de rosé, de lilas…

À vous de jouer !

Maintenant, pour savoir ce qui vous ira le mieux, ce qui mettra le plus votre beauté naturelle en valeur, vous devez savoir à quel type de *femme-couleur* vous appartenez. Pour cela, il s'agit de faire le test suivant.

Test 6

QUELLE FEMME-COULEUR ÊTES-VOUS ?

1. **Vos goûts**
    a) Vous avez une préférence pour tous les tons de bleu
    b) Vous aimez les couleurs, encore des couleurs
    c) Beige, camel, ivoire…, ces nuances vous plaisent
    d) Tous les marrons et les tons de terre

2. **Votre peau**
    a) Est plutôt claire ou très claire
    b) Est couleur de porcelaine, de pêche
    c) Est dorée
    d) Porte des taches de rousseur

3. **La couleur de vos cheveux**
    a) Blonds
    b) Châtain foncé à bruns
    c) Châtain doré à roux
    d) Noirs

4. **La couleur de vos yeux**
    a) Bleus
    b) Foncés ou noirs
    c) Verts, noisette clair
    d) Marron, noisette foncé

5. **Les couleurs que vous détestez porter**
    a) L'orange
    b) Les verts tirant sur le kaki
    c) Le noir et le marine
    d) Le rose et les tons pastel

Vous êtes une **femme-été** si vous avez un maximum de A
Vous êtes une **femme-hiver** si vous avez un maximum de B
Vous êtes une **femme-printemps** si vous avez un maximum de C
Vous êtes une **femme-automne** si vous avez un maximum de D

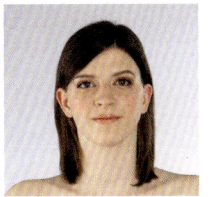   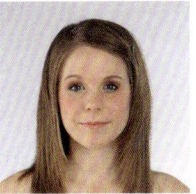

LES QUATRE SAISONS DES COULEURS

D'après le célèbre coloriste Johannes Itten (1888–1967), qui fut professeur au Bauhaus de 1919 à 1923, nous correspondrions à **quatre types de couleurs différentes**, relatives aux quatre saisons. Donc, chacune d'entre nous appartiendrait à l'une des saisons.

Pour déterminer à quelle saison nous sommes apparentées, il faut tenir compte de trois facteurs : la couleur de la peau, des cheveux et des yeux.

- La *femme-été* a les cheveux blonds, la peau très claire et les yeux bleus.

Les coloris qui lui vont le mieux sont les *couleurs froides* : argent, bleu, violet, prune, framboise, et tous les bleu-vert.

Par contre, elle devra éviter l'orange.

Les bijoux seront en argent de préférence à l'or.

- La *femme-hiver* a un teint de pêche ou de porcelaine, pouvant virer à l'olive si elle vit au soleil. Ses cheveux et ses yeux sont foncés.

À elle aussi, les *couleurs froides* vont bien : les bleus, les verts, auxquels elle pourra ajouter des coloris vifs comme certains roses, le fuchsia et l'orangé, le rouge vif et le blanc.

Les bijoux d'argent et d'or blanc lui vont bien.

- La *femme-printemps* a les cheveux châtains aux reflets dorés ou même roux.

Ses yeux sont verts, noisette ou bleus. Le teint est clair à doré.

Les *tons chauds* sont ceux qui lui vont le mieux. Ses couleurs favorites sont l'ivoire, le beige, le vert anis, le turquoise, le jaune vif et même l'orange. Et des couleurs brillantes comme l'or.

Par contre, le bordeaux, le marine, le blanc et le noir lui vont moins bien.

Ses bijoux seront de préférence en or jaune.

- La *femme-automne* a les cheveux auburn ou châtain foncé, la peau claire avec parfois des taches de rousseurs.

Elle a les yeux verts, marron ou noisette.

Les couleurs qui lui vont le mieux sont les *couleurs chaudes* : tous les bruns, le marron, les verts.

couleurs

Le rouge vermillon est « sa » couleur, mais elle aime aussi les tons de pétrole (bleu-gris), de canard (bleu-vert), de caramel, de corail, de saumon, de bronze, les mordorures et le vert kaki.

Le rose et le marine lui iront cependant moins bien.

Ses bijoux seront de préférence en or jaune, en cuir, en corail.

Les couleurs chaudes vont du jaune au violet, en passant par l'orange et le rouge. Elles évoquent la chaleur et rendent les choses et les personnes plus proches.

Les couleurs froides sont le violet, le bleu-violet, le bleu, le bleu-turquoise, le bleu-vert et le vert. Elles évoquent la nature et ont un effet apaisant, tout en donnant une impression d'éloignement par rapport aux autres.

Comme on le voit, l'analyse des couleurs est importante dans le choix des nuances qui vont vous embellir. Il s'agira de trouver un parfait équilibre (une harmonie) entre votre carnation, la couleur de vos yeux et celle de vos cheveux. Il vous sera alors plus facile de trouver les couleurs qui flatteront le mieux votre teint et qui vous sublimeront.

Selon Itten, on s'inspirera des saisons : l'hiver et ses nuances froides, le printemps et ses couleurs acidulées, l'été et ses demi-teintes, l'automne et ses tons de terre chaude. On pourra aussi, suivant ses humeurs, aller d'une saison à l'autre, car rien n'est figé, rien n'est interdit. Chacun a le droit d'être différent et de rester fidèle à ses goûts.

Par contre, ce qu'on vient de comprendre, ici, c'est ce qui nous irait le mieux dans « l'absolu ».

Cela dit, personne ne nous empêche d'essayer d'autres tons ou même d'aller vers d'autres couleurs, d'expérimenter, d'être inventif. Et, même si notre couleur préférée n'est pas dans « notre nuancier », sachons qu'il existe d'autres critères pour choisir *nos* couleurs. Nous verrons cela dans la suite de ce chapitre. Cela nous aidera à rester nous-même et à comprendre pourquoi telle couleur est notre favorite !

TABLEAU DES QUATRE SAISONS DES COULEURS			
FEMME-ÉTÉ	**FEMME-HIVER**	**FEMME-PRINTEMPS**	**FEMME-AUTOMNE**
Peau très claire Cheveux blonds ou très blonds Yeux bleus, clairs	Peau de pêche Cheveux bruns ou foncés Yeux noisette ou noirs	Peau claire à dorée Cheveux châtains ou roux Yeux verts ou noisette	Peau claire à rousse Cheveux châtain foncé ou auburn Yeux marron ou noisette
Couleurs froides	**Couleurs froides**	**Couleurs chaudes**	**Couleurs chaudes**
Argent Tous les bleus Rouges framboisés Violet Bleu-vert	Bleu Vert Fuchsia Orange Blanc	Ivoire Beige Vert anis Turquoise Jaune vif Orange Or	Brun Marron Rouge vermillon Pétrole Canard Bronze Kaki Saumon
À ÉVITER	**À ÉVITER**	**À ÉVITER**	**À ÉVITER**
Orange	Noir Marron terne	Bordeaux Marine	Rose Marine

FEMME-ÉTÉ	FEMME-HIVER
	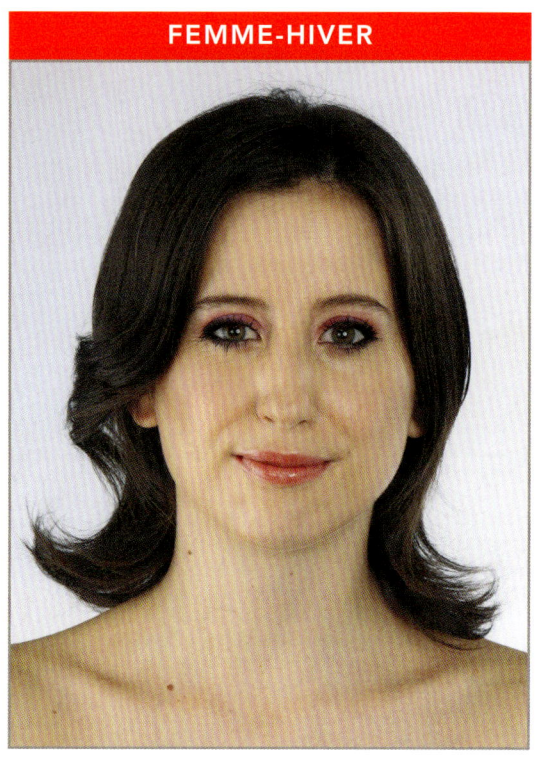
Peau très claire	Peau de pêche
Cheveux blonds ou très blonds	Cheveux bruns ou foncés
Yeux bleu clair	Yeux noisette ou noirs
	  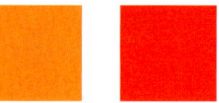

FEMME-PRINTEMPS	**FEMME-AUTOMNE**
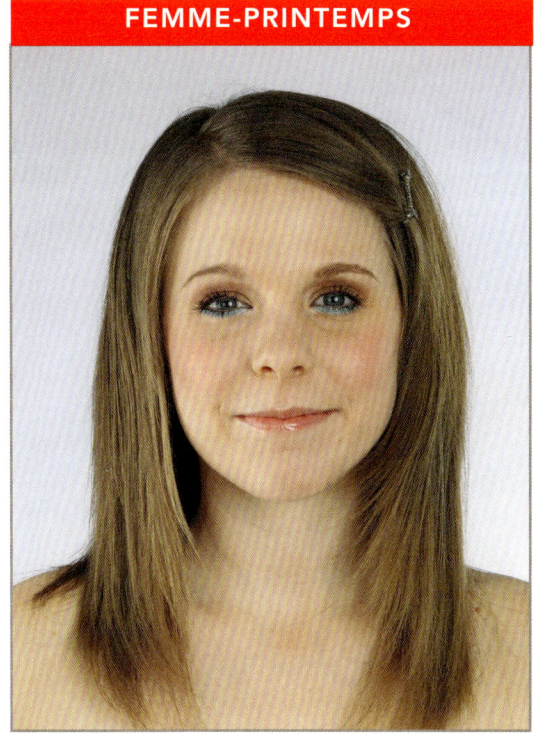	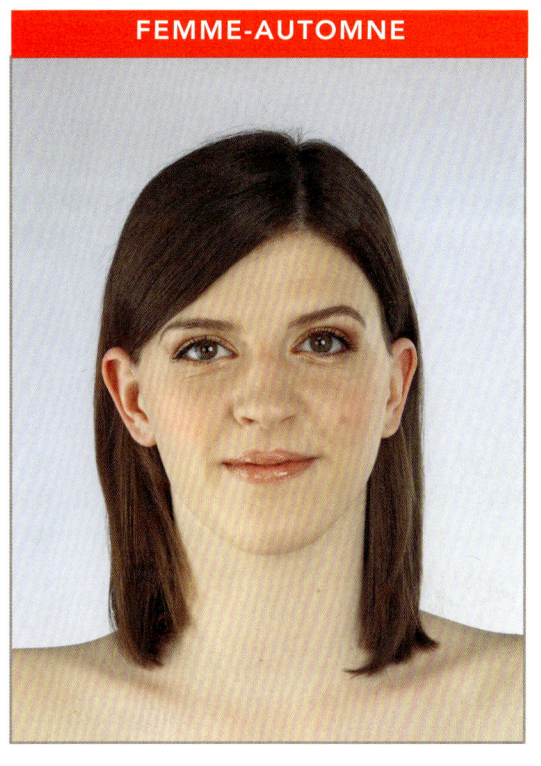
Peau claire à dorée	Peau claire à rousse
Cheveux châtains ou roux	Cheveux châtain foncé ou auburn
Yeux verts ou noisette	Yeux marron ou noisette

LES NUANCES DU TEST DES COULEURS

Vous venez de faire le test sur la couleur et vous vous sentez, par exemple, plutôt une *femme-été*, et vous constatez que vos goûts vont volontiers vers les couleurs qui lui sont associées. Maintenant, vous comprenez pourquoi !

Ces couleurs un peu froides, dans lesquelles vous vous trouvez belle, ne sont pas le fruit du hasard ! Elles correspondent à votre carnation et à la tonalité de votre iris. Donc, vous êtes bien dans **la bonne approche de la gestion de votre image.** Bravo !

Cependant, qu'arrive-t-il à celles qui ont du mal à se visualiser dans les couleurs pour lesquelles elles sont faites ? C'est là que le tempérament et le caractère peuvent entrer en jeu.

Par exemple, depuis toujours vous aimez des vêtements aux tons neutres, comme le beige, le blanc et leurs déclinaisons (écru/vanille, beige/camel, gris/perle, gris-bleu/gris-vert…). Pourtant, vous n'avez pas les caractéristiques physiques d'une *femme-printemps*.

Au contraire, vos préférences vont plutôt aux couleurs vives, comme le rouge orangé, l'orange, le jaune, le vert, l'anis, le turquoise. Mais vous n'avez pas vraiment le physique de la *femme-hiver*.

Ou bien ce sont les tons de terre qui vous séduisent – taupe, olive, noisette, violet, lavande. Sans oublier la palette des tons « riches » comme le bronze, l'or, l'argent, etc. Pourtant, vous n'êtes pas une *femme-automne*.

Si on se réfère à la symbolique des couleurs, ces choix peuvent venir du tempérament de chacun ou de sa personnalité propre.

Par exemple, la personne qui se préfère dans le blanc, le beige et leurs déclinaisons, aura tendance à avoir un sens aigu de sa personne. Une certaine assurance peut la faire paraître assez sûre d'elle.

Celle qui ira volontiers vers des couleurs vives n'aura peur de rien ni de personne. Elle sera plus m'as-tu-vu, plus passionnée, plus extravertie. Plus insolente, aussi.

Quant à la personne qui aime les tons de terre, elle sera timide, moins sûre d'elle, hésitante devant certaines situations. Cependant, il y aura au fond d'elle une force plus importante qu'il n'y paraît au premier abord.

Donc, vos choix peuvent être déterminés par votre tempérament.

Voilà donc une autre facette de nous-même que le choix de nos couleurs favorites peut nous révéler.

contrastes

L'idéal serait de combiner les couleurs qui correspondent à notre personnalité et celles qui correspondent à l'idéal de notre type physique.

LES NIVEAUX DE CONTRASTE

Nous pouvons aussi tenir compte des *niveaux de contraste* : c'est une recherche intéressante. Cela signifie que chaque individu possède un *niveau de couleur différent*.

Par exemple, je connais une personne qui est à la fois naïve et forte. Sa peau est très blanche, ses cheveux sont noirs. Si je m'attarde sur les couleurs de cette personne, je constate que **son niveau de contraste est fort.**

Par ailleurs, j'ai une autre amie à la peau claire, aux cheveux argentés et aux yeux bleu-gris. **Son niveau de contraste est bas.**

Donc, à chaque niveau de contraste (bas, moyen, haut) correspondent des couleurs différentes.

- Dans les cas de **niveau de contraste haut,** on pourra associer des couleurs opposées et contrastées (blanc/noir). Ces couleurs claires et foncées portées ensemble ne choqueront pas, car elles *reproduisent* la carnation d'un tel individu. Elles sont en adéquation avec son physique. Dès lors, cette personne pourra aller vers une palette de couleurs contrastées et différenciées.

- Si votre **niveau de contraste est moyen,** vous serez à votre avantage dans des couleurs moyennement contrastées. Une jolie rousse aux yeux verts restera dans ces couleurs (roux/vert ; orange/pétrole) moyennement contrastées.

- Pour les traits au **niveau de contraste bas** (peau, cheveux et yeux clairs), les couleurs peu contrastées seront indiquées. D'ailleurs, cette amie dont je vous ai parlé n'est jamais si bien mise en valeur que dans le gris acier ou le bleu glacier !

Donc, sachez que l'un des meilleurs moyens de ne jamais faire d'erreur en matière de couleur, c'est de *respecter votre niveau de contraste*.

Restez en adéquation avec vous-même !

Il est important de savoir qu'on ne fera jamais d'erreur en restant dans les tons de notre carnation.

Quant à moi, j'ai les yeux clairs, les cheveux méchés à nuance dorée, la peau dorée avec des taches de rousseur. Les couleurs qui me vont le mieux sont donc celles qui reproduisent « mes couleurs » : bronze, or, beige, kaki, etc.

Si nous reproduisons notre « gamme de couleurs physiques », nous serons toujours dans le bon ton.

Voilà donc un excellent moyen pour ne jamais se tromper…

Chapitre 14

Une garde-robe bien pensée

Dans cette recherche qui vous mène vers une amélioration réfléchie et harmonieuse de votre apparence, vous devrez changer, parfois radicalement, votre manière de voir, d'acheter et d'empiler les vêtements dans vos armoires.

Premièrement, n'oubliez pas que «le bon marché peut coûter cher»! **Acheter mieux peut vouloir dire acheter moins, mais de meilleure qualité.** Vous serez gagnante à coup sûr.

Avec tout ce que vous avez appris dans ce livre, vous savez :

- ce qui vous plaît ;

- ce qui vous convient le mieux, en fonction de votre morphologie et de vos couleurs ;

- ce qui correspond à votre style.

SAVOIR MIEUX ACHETER

Vous savez, par exemple, que vous êtes *classique* et que les tons naturels vous conviennent le mieux. Parfait ! Donc, vous ferez dorénavant vos achats de manière réfléchie : vous irez directement vers les vestes, les jupes et les pantalons qui vous conviennent, dans les couleurs qui vous sont appropriées, et dans les formes adaptées à votre type de corps. Vous pourrez ainsi vous reconstituer une garde-robe simple et efficace. Sans faute de goût, sans erreur, et qui vous mettra une fois pour toutes à l'abri des mauvaises habitudes et surtout des mauvaises surprises.

UNE GARDE-ROBE ADÉQUATE

Commencez par le « début »…

- Achetez en priorité le manteau ou la veste chaude, ou encore l'imperméable bien coupé et de bonne facture. Classique, si vous l'êtes ; ou plus mode ou sport, selon votre style. Cependant, rien ne vous empêche d'examiner les tendances, même si vous êtes classique. Si les « couleurs de l'hiver » sont le gris ou le noir, allez directement vers ces couleurs : vous serez dans le « ton ». De plus, quels que soient les courants de la mode, ces couleurs sont « intemporelles » et vous ne ferez jamais de faute de goût en les choisissant. Par contre, si les couleurs de l'hiver sont des teintes moins faciles à associer ou à mélanger, restez dans des tons qui vous vont en priorité et qui seront faciles à mêler au reste de votre garde-robe. Car il est important de ne pas être décalée ou démodée.

Donc, restez attentive à ce qui se passe autour de vous, quel que soit votre style.

- Vous passerez ensuite aux *éléments basiques* : le pantalon et la jupe de bonne coupe et dans vos couleurs. Ces éléments restent le plus souvent dans le domaine du *classique,* mais sont indispensables dans toutes les garde-robes équilibrées. Ainsi, vont pourrez faire face à toutes les situations, car ces éléments basiques sont destinés à être associés à d'autres éléments plus typés de votre garde-robe, et plus en harmonie avec votre personnalité. Leurs couleurs seront, le plus souvent, des tons neutres comme le noir, bien sûr, mais aussi le beige, le marron, le gris, etc.

- Les pulls, les hauts, les chemisiers devront constituer des ensembles et s'harmoniser avec la plupart de vos bonnes bases, dans ce qui est *définitivement* votre style ! Laissez-vous donc aller : si vous êtes *mode,* c'est le moment d'investir dans des hauts spectaculaires aux couleurs frappantes vus dans les défilés ; ou, si vous êtes *sport,* pourquoi ne pas prendre cette chemise d'homme qui vous plaît tant, à fines rayures et à col italien ? Laissez parler vos goûts, vos couleurs, votre personnalité !

Ainsi, moi, j'aime les paillettes (comme beaucoup d'autres choses qui brillent, j'en conviens sans honte). C'est l'une des facettes de ma personnalité. Eh bien, je les associe, si je peux, même la journée, à un bas et à une veste très classiques.

- Chaussures et sacs… Là aussi, vous allez pouvoir laisser parler votre individualité. Par contre, n'oubliez pas que ces articles devront être de bonne qualité. À la pointe de la mode ou non, suivant vos choix. Ce sera le moment, selon vos moyens, d'investir dans une marque pour vous procurer des articles résistants. Car la vie de femme active ne permet pas de changer de sac ou de chaussures à chaque rendez-vous !

- Faites-vous plaisir avec les accessoires, choisissez-les le plus souvent selon la tendance du moment. Même les femmes classiques peuvent adjoindre à leurs perles une bague spectaculaire ou une broche dessinée par tel bijoutier, sans rien perdre de leur style, bien au contraire. Les bijoux et pacotilles de « saison », écharpes, châles, demeurent toujours importants pour actualiser une garde-robe. Là, ce sera le moment de laisser parler votre imagination. N'hésitez pas à collecter vos pacotilles et autres colifichets de manière à rajeunir vos ensembles et à leur apporter de la fantaisie.

C'est ainsi que vous vous constituerez une garde-robe équilibrée.

TRIEZ LES VÊTEMENTS DE LA PENDERIE

Il serait souhaitable de revisiter votre penderie *quelques fois par année*.

- **Au retour des vacances.** Il sera nécessaire de trier les vêtements d'été qui ne seront plus de mise ! Plusieurs solutions s'offrent à vous : si vous avez de la place, vous pouvez les stocker « ailleurs » en prenant soin de vérifier leur état (taches, boutons, repassage, nettoyage) ; sinon, vous les remisez sur l'étagère la plus haute et la moins accessible, car vous ne les porterez plus pendant six mois ; ou bien vous faites comme ma fille qui les range dans une valise (sa « valise d'été »), sous son lit. Quoi qu'il en soit, vous avez fait de la place dans la penderie pour les vêtements d'entrée de saison. Mettez en bonne place vos vestes, blazers, pantalons de serge ou de fin lainage, etc. Il ne s'agit pas de vêtements très chauds, car vous ne serez pas encore en hiver, même si l'été sera fini.

penderie

- **Vers la fin d'octobre.** Ce sera le moment de mettre au premier plan vos vêtements chauds, comme les manteaux, imperméables, vestes en lainage épais. Mais gardez toujours sous la main vos vêtements d'entrée de saison que vous pourrez mettre tout au long de l'hiver, avec les pièces chaudes par-dessus.

- **Au printemps.** Alors, là, c'est la fête ! Le soleil et la chaleur approchent. C'est l'heure de remiser les vêtements d'hiver noirs, gris. Les fourrures et manteaux chauds seront mis à l'écart (en garde, à tout le moins bien protégés de la poussière et des mites, dans des housses, quel que soit l'endroit où vous les mettrez). C'est le moment de ressortir la valise de sous le lit et de tout revoir d'un œil neuf. Après tout, dix mois se sont écoulés et la mode n'a plus rien à voir avec celle de l'été précédent, mais, comme vous êtes une femme avertie, vous savez que certaines pièces de votre garde-robe sont des *basiques* que vous pourrez réutiliser en rajoutant simplement *les petits plus* de la nouvelle tendance. Et investir seulement dans une ou deux nouvelles pièces qui la suivront. C'est le moment de faire le tri.

Ce chemisier ? Non, je l'ai à peine porté. Ce pull ? Ce n'est vraiment pas ma couleur ! Par contre, je garde cette veste légère, je l'adore et je sais que je la remettrai. Ensuite, aérez les vêtements frais sortis de la valise. Puis, ce sera au tour des vêtements d'hiver d'aller sommeiller dans la fameuse valise sous le lit, ou ailleurs.

En passant ainsi en revue votre placard, n'ayez pas peur de le **purger**. Débarrassez-vous sans hésiter des choses inutiles, des mauvais achats, des vilaines couleurs, des ratés, des vêtements qui ne sont plus à votre taille (si vous avez perdu du poids ou si vous avez engraissé), des trucs que vous ne portez plus. Donnez-les, jetez-les, faites-les disparaître.

Vous devez vous poser une question capitale devant chaque pièce que vous sortez périodiquement de votre valise : **Est-ce que je rachèterais cela aujourd'hui ?** Si vous répondez non, vous savez quoi faire…

Vous ne devez avoir dans votre garde-robe que des vêtements que vous aimez.

AMÉNAGEZ VOTRE PLACARD

Pour ranger vos vêtements ainsi triés pour la nouvelle saison et pour les avoir toujours sous la main, voici un dernier conseil : faites-vous des « tenues » toutes prêtes, pour diverses occasions.

- Des tenues pour les jours de repos.

- D'autres pour les jours de travail.

- Des tenues habillées (mais n'exagérez pas leur nombre, à moins que vous ayez une vie mondaine très active !).

Et préparez les accessoires pour chaque tenue. Les chaussures, bottes, ballerines, sans oublier les sacs. Même si ces accessoires vont avec plusieurs tenues (et c'est souhaitable !). Faites en sorte que beaucoup de pièces séparées puissent être interchangeables, d'une tenue vers l'autre.

- Pour ranger votre placard, beaucoup de solutions existent, et certaines vous conviendront mieux que d'autres.

Une de mes amies range tous ses vêtements par couleurs. C'est une femme-été, et elle connaît bien ce qui lui va. Ainsi, elle a ses tenues grises, blanches, etc. Une autre amie préfère ranger selon les formats : c'est-à-dire un tas de pulls, un tas de chemisiers, un tas de t-shirts. Les jupes sont toutes côte à côte et les pantalons sont regroupés ensemble. Sa penderie est d'une géométrie parfaitement équilibrée et ordonnée.

Une autre amie est une maniaque des chaussures. Parce qu'elle dispose de pas mal de place, elle a rangé chaque paire dans des boîtes transparentes prévues à cet effet, et elle a poussé le vice jusqu'à photographier chaque paire et à coller la photo appropriée sur chaque boîte. Ainsi, quand elle sort sa tenue, elle sait tout de suite quelles chaussures prendre.

vêtements

Ma technique est différente : je l'ai mise au point ces dernières années avec l'arrivée des téléphones portables équipés de la fonction photo numérique. J'essaie mes tenues, et, quand j'ai trouvé la bonne, je me photographie devant un miroir, en pied, en zoomant sur les accessoires, ceintures, chaussures, etc., puis je garde les photos dans ma photothèque. Ainsi, si je ne sais pas quoi mettre les jours suivants, je fais défiler les photos et m'arrête sur la tenue qui me tente, et je n'ai plus qu'à la tirer de mon armoire, accessoires compris.

Essayez l'une ou l'autre de ces techniques. Vous ne perdrez plus de temps à contempler bêtement votre penderie, en ne sachant pas trop quoi mettre.

Quelle que soit la manière dont vous rangez votre placard, faites en sorte qu'il soit en ordre et non sens dessus dessous. Sinon, vous serez démotivée, et c'est ainsi que vous prendrez **dans le tas** *n'importe quoi, et que vous l'associerez* **n'importe comment.**

*Vous avez fait tourner vos bonnes tenues
et vous avez ainsi fait des économies substantielles,
en vous montrant éclairée et avertie.*

*Vous avez agi selon une méthode imparable
qui est de reconnaître ce qui flatte votre teint
(donc vos couleurs), ce qui met en valeur votre style,
votre personnalité, et ce qui convient le mieux
à votre silhouette.*

*Vous avez aussi reconnu ce qui doit être gardé,
car c'est ce qui pourra convenir à de futures tenues.*

*Et, surtout, vous avez mis de côté vos bons basiques.
Ainsi, vous savez ce que vous avez et vous savez aussi
ce dont vous aurez besoin.*

conclusion

Pourquoi ne pas s'aimer et apprendre à se connaître ? Voilà la question qui a présidé à l'écriture de ce livre.

Pour moi, en effet, il est essentiel de se connaître physiquement, de faire face à ses petits défauts sans crainte excessive et avec pour objectifs :

- de se gérer soi-même ;
- d'avoir confiance en soi ;
- de s'aimer.

Et ce, dans un but plus éloigné du superficiel qu'il n'y paraît : **pouvoir aimer les autres.**

Nous avons toutes un potentiel caché, des qualités physiques à cultiver, des avantages à mettre en avant. Il est temps de s'en rendre compte !

Se sentir concernée par notre apparence n'est pas une chose condamnable. Par contre, penser que cela ne nous concerne pas est un aveuglement. Car nous sommes toutes impliquées par notre image, pour peu que l'on ait une vie active.

Nous avons toutes besoin de reconnaissance au travail, dans notre famille, avec nos amis. Nous ne pouvons nier nos rapports avec la société.

Regardez un enfant : dès son plus jeune âge, il veut attirer l'attention de ses parents ; plus tard, il voudra leur plaire. C'est cela, l'échange, la communication, le partage.

L'image que nous véhiculons fait partie de cette communication avec le monde qui nous entoure. Elle crée le lien entre lui et nous. C'est dire sa valeur.

Se présenter devant autrui sous son meilleur jour, c'est ouvrir le dialogue, s'ouvrir soi-même aux autres, accepter l'échange, et c'est aussi « émouvoir ».

Nous ne pouvons nier le pouvoir de l'image !

J'en veux pour preuve ces vers de Racine, dans *Phèdre* :

*« Je le vis, je rougis,
je pâlis à sa vue ;
Un trouble s'éleva dans mon
âme éperdue ;
Mes yeux ne voyaient plus,
je ne pouvais parler ;
Je sentis tout mon corps,
et transir et brûler. »*

remerciements

À ma dernière fille qui a eu la patience de m'écouter, de me corriger, d'apporter son regard neuf de jeune fille sur mon travail, et surtout qui a eu la gentillesse de m'offrir ses plus beaux dessins !

À ma fille aînée et à mes belles-filles.

À mon mari qui, une fois encore, a su me soutenir.

Et à toutes mes copines ! Qui m'ont beaucoup appris et n'ont pas manqué de m'inspirer.

Pour découvrir les coulisses de la séance photos où ont été prises toutes les photos du livre, visitez le site Internet des Éditions de l'Homme à l'adresse suivante : http://www.edhomme.com/miroir.aspx

Suivez les Éditions de l'Homme sur le Web

Consultez notre site Internet et inscrivez-vous à l'infolettre pour rester informé en tout temps de nos publications et de nos concours en ligne. Et croisez aussi vos auteurs préférés et l'équipe des Éditions de l'Homme sur nos blogues !

www.editions-homme.com

Achevé d'imprimer au Canada